渚くんを
お兄ちゃんとは呼ばない

～ひみつの片思い～

夜野せせり・作
森乃なっぱ・絵

集英社みらい文庫

もくじ

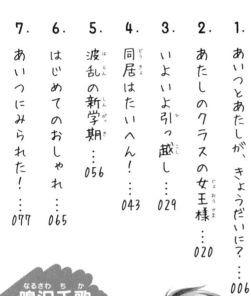

鳴沢《なるさわ》千歌《ちか》
まんが好《ず》きの地味女子《じみじょし》。パパの再婚《さいこん》で、いきなりきょうだいができて…!?
高坂《こうさか》渚《なぎさ》
千歌《ちか》のクラスメートで学校《がっこう》1モテる。サッカークラブに所属《しょぞく》。

藤宮《ふじみや》せりな
千歌《ちか》のクラスメート。
渚《なぎさ》のことが好《す》き。

メグ
千歌《ちか》の親友《しんゆう》。
まんが・イラストクラブ所属《しょぞく》。

鳴沢《なるさわ》 学《まなぶ》
千歌《ちか》のパパ。メタボな
体型《たいけい》だけどやさしい。

高坂悠斗《こうさかゆうと》
渚《なぎさ》の兄《あに》の中学《ちゅうがく》1年生《ねんせい》。
王子様《おうじさま》のようなルックス。

高坂《こうさか》みちる
渚《なぎさ》と悠斗《ゆうと》の母《はは》。
歯科医院《しかいいん》で働《はたら》いている。

あたし、鳴沢《なるさわ》千歌《ちか》。
小学《しょうがく》5年生《ねんせい》。
パパの再婚《さいこん》で、
きょうだいができることに。

だけどその男《おとこ》の子《こ》は……

学校《がっこう》1の
モテ男子《だんし》
渚《なぎさ》くん！
（しかもクラスメート）

「鳴沢《なるさわ》、おれの妹《いもうと》な。
くれぐれも、言《い》うことを
きくように」

食事会《しょくじかい》でのこの宣言《せんげん》…。

絶対服従《ぜったいふくじゅう》とか、
じょうだんじゃ
ないからね！

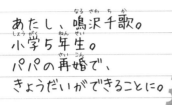

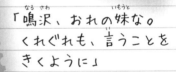

モテる渚《なぎさ》くんと
いっしょに
暮《く》らすことは
絶《ぜっ》対《たい》にヒミツ…。

だけど、近《ちか》すぎる
距《きょ》離《り》の渚《なぎさ》くんにときめいちゃって……!?

つづきは小説《しょうせつ》をよんでね!

1. あいつとあたしが、きょうだいに？

どきどきしていた。

たぶんあたし、いままでの人生《じんせい》のなかで、いちばん、緊張《きんちょう》している。

となりに座《すわ》っているパパも、そわそわして、ずっと、腕時計《うでどけい》をちらちらみてる。

ハンバーグがおいしいと評判《ひょうばん》の、洋食《ようしょく》レストラン。

のどかな土曜《どよう》のお昼《ひる》。窓《まど》から春《はる》の光《ひかり》がさしこんで、あたたかい。

あたしとパパは、いちばん奥《おく》のテーブル席《せき》で、待《ま》ち合《あ》わせの相手《あいて》を待《ま》っている。

これから会《あ》うのは、パパの彼女《かのじょ》。

あたしの、新《あたら》しいママになる人《ひと》だ。

ひざのうえにおいた手《て》のひらを、ぎゅっとにぎりしめる。

どきん。どきん。どきん。心臓《しんぞう》の音《おと》が、耳《みみ》のうしろで大《おお》きくひびいてる。

こんなにこんなに、あたしがどきどきしてる理由《りゆう》。たんに、パパの彼女《かのじょ》に会《あ》うから、だけじゃないんだ。
その人《ひと》には、じつは——。
がたん、と、大《おお》きな音《おと》をたてて、パパがいきなり立《た》ちあがった。
きたんだ！
「こっちこっち」
パパが手招《てまね》きしている。その先《さき》には……。
高坂渚《こうさかなぎさ》！
きた！　本当《ほんとう》に、きた！
高坂渚《こうさかなぎさ》は、同《おな》じクラスの、モテ男子《だんし》。
さっぱりと短《みじか》い黒髪《くろかみ》、きりりとした眉《まゆ》に、ぱっちりと大《おお》きな瞳《ひとみ》。
アイドルグループのセンターにいてもおかしくないような、整《ととの》った顔《かお》。
その、すらっと長《なが》い脚《あし》で、サッカーボールをたくみにあやつる。
きのうのことを思《おも》いだす。
体育《たいいく》の授業《じゅぎょう》でサッカーをした。そのときいちばん目立《めだ》っていたのが、高坂渚《こうさかなぎさ》だった。
右《みぎ》に左《ひだり》に、ドリブルをして。ディフェンスをかわして、するどいシュートを放《はな》つ。

女子《じょし》たちはみんな、ぽーっとみとれてた。

あたしも、ずっとみてた。だって、だって、高坂渚《こうさかなぎさ》は。

「渚《なぎさ》！　待《ま》ってよー！」

遅《おく》れて、すらりとした女《おんな》の人《ひと》が、かけこんできた。

「母《かあ》さん、遅《おそ》いよ。ていうか店《みせ》の中《なか》でドタバタ走《はし》っちゃダメだろ」

渚《なぎさ》くんが、ため息《いき》まじりに文句《もんく》を言《い》っている。

「は、はじめまして。高坂《こうさか》みちるです！　千歌《ちか》ちゃんに会《あ》えるの、楽《たの》しみにしてたの！　よろしくねっ！」

息《いき》を切《き》らしながら、「母《かあ》さん」と呼《よ》ばれた女《おんな》の人《ひと》が、にっかり笑《わら》った。

この人《ひと》が、高坂《こうさか》みちるさん。パパの、彼女《かのじょ》。……なんだ。

「まあ、座《すわ》って水《みず》でも飲《の》んで。落《お》ち着《つ》いて。ね？」

パパがそう言《い》って苦笑《にがわら》いした。

高坂《こうさか》みちるさんと渚《なぎさ》くんは、テーブルをはさんで、あたしたちのむかいの席《せき》に座《すわ》った。

そうなのだ。パパの彼女《かのじょ》、みちるさんには、息子《むすこ》がいる。

つまり、あたしには、ママだけじゃなくて、きょうだいもできるってこと。

それが、あの、高坂渚《こうさかなぎさ》！

はじめて聞《き》いたときは、びっくりして、あたし、ひっくりかえりそうになっちゃった。

みちるさんは、ぐーっと、グラスの水《みず》をいっき飲《の》みして、深《ふか》く息《いき》をはいた。

美人《びじん》……、だなあ。

白《しろ》くてきれいな肌《はだ》。すっと目《め》じりのあがった切《き》れ長《なが》の目《め》、あご先《さき》のラインでぱつんと切《き》りそろえられた、つやのある髪《かみ》。

うちのメタボなパパと再婚《さいこん》するだなんて、信《しん》じられない。

あたしは、すうっと息《いき》をすいこんだ。

「は、はじめまして、鳴沢千歌《なるさわちか》です。ち、父《ちち》がいつもお世話《せわ》になってます」

緊張《きんちょう》しすぎて、みょうに早口《はやくち》になってしまった。

頭《あたま》の中《なか》で、何度《なんど》も何度《なんど》もくりかえしてたのに。声《こえ》も、裏返《うらがえ》っちゃった。

「千歌《ちか》ちゃん、立派《りっぱ》ねえ。なんてきちんとしたあいさつなの？　渚《なぎさ》も、ほら。ぼーっとしてないで、なにか言《い》いなさい」

渚《なぎさ》くんの背中《せなか》を、みちるさんがばしんとたたく。

「どーも。よろしくお願《ねが》いします」

ぼそぼそと、つぶやくようにつげると、ぺこんと、渚《なぎさ》くんは頭《あたま》をさげた。

「うちの次男《じなん》の、渚《なぎさ》。桜川第一小《さくらがわだいいちしょう》5年《ねん》2組《くみ》。って、千歌《ちか》ちゃんは知《し》ってるか。クラスメイトだもんね」

みちるさんはにっこり笑《わら》った。

パパが「よろしく」と渚《なぎさ》くんにほほえみかける。

渚《なぎさ》くんも、パパにおじぎした。

だけど、あたしのことはちらりともみない。

あたしときょうだいになること、なんとも思《おも》ってないのかな？

あたしなんて眼中《がんちゅう》にない、とか？

……そりゃ、そうだよね。

あたしは、心《こころ》の中《なか》で、こっそりため息《いき》をついた。

クラスでの、あたしの存在感《そんざいかん》は、はっきり言《い》ってうすい。うすいっていうか、ほぼ空気《くうき》。

目立《めだ》たないように、教室《きょうしつ》のすみっこで、苔《こけ》みたいにひっそり地味《じみ》に生息《せいそく》してるんだ。

だから、どうせ、渚《なぎさ》くんみたいなキラキラ男子《だんし》の視界《しかい》には入《はい》らないんだ。

その証拠《しょうこ》に、みちるさんからあたしのことを聞《き》いていたはずなのに、学校《がっこう》での渚《なぎさ》くんは、あたしの存在《そんざい》を完全《かんぜん》にスルーしてる。

しゃべるどころか、目《め》が合《あ》うことすらないんだ。

「千歌《ちか》。なにを食《た》べる？」

パパの声《こえ》で、われにかえった。

みんな、お店《みせ》イチオシのハンバーグランチをたのむみたいだから、あたしもそうした。

「兄《にい》ちゃんは？　まだ塾《じゅく》？」

「さっき、もう着《つ》いたってメールきたから」

高坂親子《こうさかおやこ》の会話《かいわ》に耳《みみ》をそばだてる。

「兄《にい》ちゃん」という単語《たんご》をきいたとたん、緊張《きんちょう》で、ふたたび、からだがこわばった。

そう。高坂渚《こうさかなぎさ》には、中学生《ちゅうがくせい》のお兄《にい》ちゃんがいるのだ。

そのとき。からんとドアベルが鳴《な》り、すらっとした男《おとこ》の子《こ》があらわれた。

「遅《おく》れてすみません。はじめまして、高坂悠斗《こうさかゆうと》です」

パパとあたしにおじぎして、にっこりほほえむ。

さらっさらの髪《かみ》に、つるつるのお肌《はだ》。ふちなしのメガネの奥《おく》の目《め》は切《き》れ長《なが》で、笑《わら》うと細《ほそ》くなってやさしげで、お母《かあ》さんのみちるさんそっくり。

みんなが王子様《おうじさま》ってさわいでいたのもわかる。

高坂悠斗《こうさかゆうと》くんは去年《きょねん》の児童会長《じどうかいちょう》。有名人《ゆうめいじん》なのだ。

悠斗《ゆうと》くんは渚《なぎさ》くんのとなりに座《すわ》った。

「千歌《ちか》ちゃん、だっけ。よろしくね」

きらっきらの粉《こな》をふりかけたみたいなスマイル。ま、まぶしすぎる。

やがて、ハンバーグランチが運《はこ》ばれてきた。

パパとみちるさんと悠斗《ゆうと》くんが、にこやかに会話《かいわ》している。

悠斗《ゆうと》くんって、落《お》ち着《つ》いた、やわらかい話《はな》しかたをする。大人《おとな》っぽいし、やさしそう。

いっぽう、渚《なぎさ》くんはというと——。

無言《むごん》で、ひたすらにハンバーグを食《た》べてる。

パパが、ははは、と笑《わら》った。

「渚《なぎさ》くん、気持《きも》ちいいぐらい、よく食《た》べるね」

渚《なぎさ》くんは、顔《かお》をあげて、かすかに、笑《え》みをうかべた。

「うまいです」

「運動《うんどう》が得意《とくい》なんだろう？　聞《き》いてるよ。サッカーをがんばってるんだって？」

「はい」

「すごいなあ。千歌《ちか》はぜんぜんダメなんだよ。小《ちい》さいころから、かけっこはいつもビリで。渚《なぎさ》くん、よかったら特訓《とっくん》してあげてよ」

「ちょっと、パパっ！」

あたしはあわててパパをとめた。

パパのバカ！　なんでいま、そういう話《はなし》、するの？

思《おも》いっきりにらみつけたら、パパは、「ごめんごめん」って、笑《わら》った。

笑《わら》いごとじゃないよ！　あたし、めちゃくちゃはずかしいじゃん！

絶対《ぜったい》に、どんくさい子《こ》だって思《おも》われた！

ちらっと、渚《なぎさ》くんのほうをみると、すずしい顔《かお》をして、サラダを食《た》べてる。

完全《かんぜん》、スルーだし。気《き》にしたあたしがバカみたい。

渚《なぎさ》くんは、みんなの会話《かいわ》に、あいづちを打《う》ったり、ときどき、くすりと笑《わら》ったりするけれど、
あたしのほうは、まったくみない。

なにを考《かんが》えてるんだろう。学校《がっこう》にいるときより、ずっと物静《ものしず》かな感《かん》じがする。

まあ、ここにきた、ってことは、渚《なぎさ》くんも、再婚《さいこん》の話《はなし》、納得《なっとく》してるんだろうけど。

再婚《さいこん》、……かあ。
あたしの本当《ほんとう》のママは、あたしが3歳《さい》のときに、でていったらしい。
だからあたしは、ママのこと、まったく覚《おぼ》えていない。
おじいちゃんやおばあちゃんは、ママの話《はなし》、ぜんぜんしない。
パパは、別《わか》れて暮《く》らしたほうがおたがいのためだったんだ、って言《い》ってた。
ごめんな、って。
その顔《かお》がすごく悲《かな》しそうだったから。あたしは、それ以上《いじょう》は、聞《き》けなかった。
だからね。再婚《さいこん》の話《はなし》を聞《き》いたとき。あたし、素直《すなお》に、よかったねって思《おも》ったんだ。
パパには、幸《しあわ》せになってほしいもん。
「千歌《ちか》ちゃん。さっきから、ずっとなにも言《い》わないね」
悠斗《ゆうと》くんに話《はな》しかけられて、あたしははっと顔《かお》をあげた。
「これから、仲《なか》よくしようね。家族《かぞく》になるんだから」
ふんわりと、悠斗《ゆうと》くんはほほえんだ。
本当《ほんとう》に、これから、渚《なぎさ》くんたちと、家族《かぞく》になるんだ。いっしょに暮《く》らすんだ。
あらためてそう思《おも》ったら、また心臓《しんぞう》がどきどきしはじめた。

どうなるんだろう。うまくいくのかな。

渚《なぎさ》くんは、なんにも言《い》わず、クールな顔《かお》して、グラスの水《みず》を、こくりと飲《の》んだ。


食事《しょくじ》を終《お》えたあと。お店《みせ》をでて、駐車場《ちゅうしゃじょう》まで歩《ある》く。

パパたちから少《すこ》し遅《おく》れて、とぼとぼ歩《ある》いていると、となりに、渚《なぎさ》くんがよってきた。

「鳴沢千歌《なるさわちか》」

いきなりフルネームを呼《よ》ばれて、びっくりして、肩《かた》がびくんとはねた。

はじめて、話《はな》しかけられた！

渚《なぎさ》くんをみあげる。渚《なぎさ》くんはクラスでいちばん背《せ》が高《たか》くて、あたしはいちばん低《ひく》いから、けっこう差《さ》がある。首《くび》が痛《いた》くなりそう。

「誕生日《たんじょうび》。いつ？」

は？　誕生日《たんじょうび》？　なんでいま、そんなことを聞《き》くの？

「2月《がつ》14日《か》、ですけど。それがなにか？」

まさか。プレゼントくれるとか、パーティひらいてくれるとかじゃないよね？

「おれ、5月《がつ》20日《はつか》」

渚《なぎさ》くんは、にこりともせずに、そう言《い》った。

「だから、なんの話《はなし》?」

「鳴沢《なるさわ》、おれの妹《いもうと》な」

「は?」

「だって、誕生日《たんじょうび》、鳴沢《なるさわ》のほうが遅《おそ》いじゃん。っていうことは、鳴沢《なるさわ》が妹《いもうと》」

「はあ。で、それがなにか?」

話《はなし》がみえない。

「おれが上《うえ》、鳴沢《なるさわ》が下《した》ってことだよ。この先《さき》、いっしょに暮《く》らすにあたり、兄《あに》の命令《めいれい》は絶対《ぜったい》だからな。くれぐれも、言《い》うことをきくように」

あたしに、ぴしっと、人差《ひとさ》し指《ゆび》をつきつけた。

「はあっ?」

あたしは思《おも》わず大《おお》きな声《こえ》をあげた。

「な、なに言《い》ってんの? そんな上下《じょうげ》関係《かんけい》ありえないし! そもそも同《おな》じ学年《がくねん》なのに妹《いもうと》とかヘンだよ」

「学年《がくねん》は関係《かんけい》ない。鳴沢《なるさわ》が2月《がつ》。おれは5月《がつ》。約《やく》1年《ねん》も離《はな》れてんじゃん」

「だからって！　へん！　だいたい、年下《としした》のほうが従《したが》わなきゃいけないなんて、だれが決《き》めたわけ？」

「おれがいま決《き》めた」

渚《なぎさ》くんは、くちびるのはしをちょっとあげて、不敵《ふてき》な笑《え》みをうかべた。

「はあーっ？」

なんなの、この人《ひと》。妹《いもうと》ができるから、こきつかってやろうってこと？

みょうにおとなしいと思《おも》ったら、そんなこと考《かんが》えてたわけ？

むかむかと、腹《はら》が立《た》ってきた。言《い》うことなんて、きくもんか。

絶対服従《ぜったいふくじゅう》とか、じょうだんじゃないからね！

2. あたしのクラスの女王様《じょおうさま》

それからも、何度《なんど》か両家族《りょうかぞく》で会《あ》って、ごはんを食《た》べた。

渚《なぎさ》くんに、ばかにされてなるもんかって、あたしはハリネズミみたいにとげを生《は》やして警戒《けいかい》してる。

なのに、渚《なぎさ》くんのほうは、あたしのことなんて気《き》にも留《と》めてないみたい。

学校《がっこう》でも、相変《あいか》わらず、ぜんぜん会話《かいわ》はない。

あたし、ばかみたいだし。本当《ほんとう》に、むかつく。

いっぽう、再婚《さいこん》の話《はなし》は着々《ちゃくちゃく》と進《すす》んでる。

休《やす》みの日《ひ》のたびに、パパたちは、新《あたら》しい家《いえ》を探《さが》してみてまわってるみたい。

そうこうしてるうちに、もう5月《がつ》も下旬《げじゅん》。

今日《きょう》は、インドア派《は》のあたしが最《もっと》も憎《にく》んでいるイベント・運動会《うんどうかい》だ。

いい天気《てんき》。応援席《おうえんせき》はテントの中《なか》だから、直接日差《ちょくせつひざ》しをあびないとはいえ、暑《あつ》い。

「つぎのリレーで終《お》わりだよ。なんとかたえるんだ」

となりの椅子《いす》に座《すわ》ったメグが、あたしに、こっそりささやいた。

うなずいて、メグと、かたい握手《あくしゅ》をかわす。

くせの強《つよ》いショートカットの髪《かみ》に、赤《あか》フレームのメガネ。

メグも、あたしと同類《どうるい》の地味女子《じみじょし》。いつもいっしょに行動《こうどう》してる、親友《しんゆう》だ。

――つぎは、各学年代表《かくがくねんだいひょう》によります、紅白対抗《こうはくたいこう》リレーです。

アナウンスがひびいた。ようやく、最後《さいご》の競技《きょうぎ》がはじまる。

「ちょっと鳴沢《なるさわ》さん！」

いきなり、かん高《だか》い声《こえ》があたしを呼《よ》んだ。

藤宮《ふじみや》せりなだ。

せりなは、毛先《けさき》だけくるんとカールした長《なが》い髪《かみ》を、今日《きょう》はポニーテールにまとめている。

長《なが》いまつ毛《げ》にふちどられた、ぱっちりした目《め》。

体育服《たいいくふく》から伸《の》びた細《ほそ》い手足《てあし》は、雪《ゆき》みたいに白《しろ》い。

「鳴沢《なるさわ》さん。席《せき》、替《か》わって」

イチゴみたいなかわいらしいくちびるから、ドスのきいた低《ひく》い声《こえ》が飛《と》びだした。

「え？　な、なんで？」

「決《き》まってるでしょ！　ここがいちばん前《まえ》だからよ！」

まだ、いいよって返事《へんじ》もしてないのに、藤宮《ふじみや》せりなはあたしを押《お》しのけて座《すわ》った。

「あーっ。どきどきするーっ。がんばって渚《なぎさ》くん。がんばって」

せりなは両手《りょうて》を組《く》んで目《め》をとじて、お祈《いの》りのポーズを決《き》めている。

高坂渚《こうさかなぎさ》は対抗《たいこう》リレーの代表《だいひょう》だ。うちのクラスでいちばん足《あし》が速《はや》いし、ま、自然《しぜん》な流《なが》れだよね。

ぱーんとピストルが鳴《な》った。

――まずは、1年生《ねんせい》、スタートです。

はじまった。みんな立《た》ちあがって応援《おうえん》してる。

各学年各《かくがくねんかく》クラス、男女《だんじょ》ひとりずつの代表《だいひょう》が、バトンをわたしていくリレー。

1年生《ねんせい》の女子《じょし》から、男子《だんし》へ、そのつぎは2年生《ねんせい》の女子《じょし》、男子《だんし》……というふうに、ラストの6年《ねん》生《せい》までつながっていく。

4年生《ねんせい》から、5年生《ねんせい》にバトンがわたった。5・6年生《ねんせい》は、グラウンドを1周走《しゅうはし》る。

まず、女子《じょし》。代表《だいひょう》の神崎《かんざき》さんが走《はし》りだす。2組《くみ》の応援《おうえん》も熱《あつ》くなる。

「あーっ」

悲鳴《ひめい》があがった。神崎《かんざき》さんが転《ころ》んだんだ。

つぎの走者《そうしゃ》、5年男子《ねんだんし》たちは、バトンゾーンでスタンバイしてる。

「きゃーっ！　渚《なぎさ》くん！　がんばってー！」

せりながテントから飛《と》びだして、ぴょんぴょんはねた。ほかの女子《じょし》たちもつづく。

こういうとき、決《けっ》してせりなより先《さき》に飛《と》びだしてはいけない。女子《じょし》の、暗黙《あんもく》のルールってやつ。

うちのクラスは白《しろ》2組《くみ》、黄色《きいろ》いはちまきとバトン。

ほかのチームはみんな、続々《ぞくぞく》と女子《じょし》からバトンを受《う》けとって走《はし》りだしたけど、神崎《かんざき》さんはまだこない。

半周遅《はんしゅうおく》れで、きた。やっときた。神崎《かんざき》さんが、必死《ひっし》で走《はし》って、渚《なぎさ》くんにバトンをわたす。

渚《なぎさ》くんはびゅうっと風《かぜ》みたいに駆《か》けていく。まっすぐ前《まえ》をみて、腕《うで》をふって。

速《はや》い。速《はや》い速《はや》い。もう追《お》いついた。ひとり抜《ぬ》いて、ふたり抜《ぬ》いて……。

「きゃあああああ！　渚《なぎさ》くううん！」

せりな、声大《こえおお》きすぎ。耳《みみ》がきーんと痛《いた》くなるよ。

渚《なぎさ》くんは、ついに3人目《にんめ》を抜《ぬ》いてトップにおどりでた。

そして、つぎの6年生《ねんせい》の選手《せんしゅ》に、バトンをわたした。

「すごい……」

メグは、メガネのフレームを、くいっと持《も》ちあげた。

「高坂渚《こうさかなぎさ》、ハンパないね。藤宮《ふじみや》せりな、溶《と》けそうになってんじゃん」

あたしは、こくりと、うなずいた。

——1着《ちゃく》。白《しろ》2組《くみ》！

アナウンスがひびいて、わあっと、みんなが声《こえ》をあげる。

結局《けっきょく》、渚《なぎさ》くんからバトンを受《う》け継《つ》いだ6年生《ねんせい》たちは、トップでゴールしたらしい。

藤宮《ふじみや》せりなも、とりまきの女子《じょし》たちと手《て》をつないではしゃいでいる。

「藤宮《ふじみや》さんって、1年生《ねんせい》のころから高坂渚《こうさかなぎさ》ひとすじらしいよ。高坂《こうさか》は、そういうの、キョーミないみたいだけど」

メグがこっそりささやいた。

メグってば、どこから情報《じょうほう》を仕入《しい》れているのか、うわさ話《ばなし》にけっこうくわしいんだ。

「あの子《こ》、敵《てき》にまわしたらやばいって、聞《き》いたことある。去年《きょねん》、ぬけがけして高坂《こうさか》にコクった女子《じょし》が、藤宮《ふじみや》さんの指令《しれい》で、ハブられたんだって。うわさだけどね。ま、その子《こ》もあっさりふられたらしいんだけど」

へ、へえ……。そうなんだ……。

「あたしたちは空気《くうき》みたいなもんだから、関係《かんけい》ないか、あははっ」

メグが、からりと笑《わら》う。

「……そうだね」

と、力《ちから》なく答《こた》えた。空気《くうき》だもんね、どうせ。

みた目《め》だっていけてないし。

あたしは肩《かた》まである髪《かみ》を、無造作《むぞうさ》にひとつにくくってるだけ。

服《ふく》も、飾《かざ》りっけのないものばかり。おしゃれさのかけらもない。

そんなあたしが、女王様《じょおうさま》のせりなに目《め》をつけられることなんて、まず、ありえない。

……って。ちょっと待《ま》てよ。

渚《なぎさ》くんとあたしは、近《ちか》いうちに、家族《かぞく》として、同《おな》じ家《いえ》で暮《く》らすことになる。

それってやばいんじゃや？　もし、せりなにばれたら。

敵認定《てきにんてい》されて、あたし、かなりイヤな目《め》にあうんじゃないの？

テントに、渚《なぎさ》くんがもどってきた。

「やったじゃん！」

「ごぼう抜《ぬ》きとか、すげー！」

さっそく男子《だんし》たちにかこまれて、頭《あたま》をくしゃくしゃされてる。

帰《かえ》ってきた勇者《ゆうしゃ》じゃあるまいし。

「神崎《かんざき》がコケたから、もう無理《むり》だって思《おも》ってたよー」

そう言《い》ったのは、いつもちゃらちゃらさわいでるお調子者男子《ちょうしものだんし》、杉村聡史《すぎむらさとし》。

絶対《ぜったい》、みんなに聞《き》こえるように、わざと大《おお》きな声《こえ》で言《い》ってる。去年《きょねん》も同《おな》じクラスだったけど、あいつ、いつもそうなんだよね。イヤミ言《い》うのが毒舌《どくぜつ》でおもしろいってかんちがいしてるの。

神崎《かんざき》さんは、ぎゅっとくちびるをかみしめている。泣《な》くのを、がまんしてるんだ。活発《かっぱつ》で、運動《うんどう》が得意《とくい》な子《こ》だから、きっとすごくくやしいんだと思《おも》う。

かばってあげたいけど、あたし、なにも言《い》えない。ほかの子《こ》たちも、気《き》の毒《どく》そうな顔《かお》をしてるけど、なにも言《い》わない。

そんな、よどんだ空気《くうき》の中《なか》。

「神崎《かんざき》は、よくやったよ。すごいと思《おも》う」

きっぱりと言《い》いきる声《こえ》がした。渚《なぎさ》くんだ。

「神崎《かんざき》、めちゃくちゃがんばってたじゃん。転《ころ》んでも、あきらめずに力《ちから》いっぱい走《はし》りつづけた。だからバトンが最後《さいご》までつながったんだよ」

みんなが、うなずく。杉村《すぎむら》は、きまり悪《わる》そうに縮《ちぢ》こまってしまった。

「だから、神崎《かんざき》は、堂々《どうどう》としてろよ」

渚《なぎさ》くんは、そう言《い》って、神崎《かんざき》さんに笑顔《えがお》をむけた。

神崎《かんざき》さんは、「う、うん」と小《ちい》さくつぶやいて、うつむいた。

赤《あか》くなってるし……。ほかの女子《じょし》たちも、こころなしか、ぽーっとしてるような……。

ま、あたしはだまされないけどね！

初顔合《はつかおあ》わせのときの、えらそうな態度《たいど》を思《おも》いだしてしまって、なんだかむかむかしてきた。

なんなの、この落差《らくさ》。いじわるなのが本性《ほんしょう》で、学校《がっこう》では猫《ねこ》かぶってるってこと？

それとも……。たんに、あたしのことが気《き》に食《く》わないだけ？

「うわあ……。藤宮《ふじみや》せりな、こわっ……」

メグのつぶやきで、われにかえった。

おそるおそるみやると、せりなが、じとーっと、神崎《かんざき》さんをにらんでる。

渚《なぎさ》くんに、ちょっとかばってもらったぐらいで、あんなに敵意《てきい》むきだしにしちゃうの？

ぶるっと、からだがふるえた。

かくさないといけない。渚《なぎさ》くんと、あたしの関係《かんけい》。

絶対《ぜったい》に、ばれてはいけない。あたしの、平和《へいわ》な学校生活《がっこうせいかつ》のために。

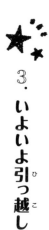

3. いよいよ引《ひ》っ越《こ》し

あっという間《ま》に1学期《がっき》はすぎて、明日《あした》から夏休《なつやす》み。

新《あたら》しい家《いえ》も決《き》まった。

「5人家族《にんかぞく》になるんだし、広《ひろ》い家《いえ》がいいだろう？　校区内《こうくない》だし、中古《ちゅうこ》だけどなかなかいいぞ？」

パパってば、うれしそう。

夜《よる》。あたしが、自分《じぶん》の部屋《へや》で、引《ひ》っ越《こ》しのために荷物《にもつ》をまとめているところに、ジュースを持《も》ってきてくれたのだ。

ふいに、パパがまじめな顔《かお》になって、あたしの顔《かお》をのぞきこんだ。

「千歌《ちか》。……本当《ほんとう》に、いいのか？　その、新《あたら》しいママができること」

家《いえ》まで買《か》ったのに、いまさらそんなこと聞《き》いてどうするんだろう。

イヤだって言《い》ったら困《こま》るじゃん、みんな。

「みちるさん、美人《びじん》だし、明《あか》るいし。パパと結婚《けっこん》してくれるなんて奇跡《きせき》だよ。ことわったらもったいないよ」

おどけて、笑《わら》ってみせた。パパはほっとしたのか、笑顔《えがお》になった。

あたしはもくもくと段《だん》ボールにまんがをつめていく。たくさん集《あつ》めた、宝物《たからもの》。

あたし、じつは、まんがが大好《だいす》き。

少年《しょうねん》まんがも、ギャグまんがも好《す》きだけど、いちばん数《かず》が多《おお》いのは、少女《しょうじょ》まんがかな。

きらきらした、キュートな絵《え》に、どきどきするストーリー。

切《せつ》なくて、甘《あま》くて、胸《むね》がきゅっとなる、すてきな恋《こい》の話《はなし》。

あたしみたいな底辺女子《ていへんじょし》には、一生縁《いっしょうえん》のない話《はなし》だってわかってるけど。でも。

パパが部屋《へや》をでていったあと。棚《たな》から、そっと、ファイルをとりだした。

あたしが描《か》いたイラストを入《い》れている。

あたしは、学校《がっこう》で、まんが・イラストクラブに入《はい》っている。5年生《ねんせい》では絵《え》はいちばんうまいって、メグは言《い》ってくれた。

でもね。ストーリーを描《か》くのは、ちょっぴり苦手《にがて》。

学習机《がくしゅうづくえ》の引《ひ》きだしをあけて、まんがを描《か》いているノートをとりだした。

ぱらぱら、めくる。5ページ描《か》いてあって、とちゅうで終《お》わってる。そして、つぎのページはもうちがうお話《はなし》で、それも3ページで終《お》わってて。

つぎも。つぎも。描《か》きかけばかりが、たくさんあるんだ。

ため息《いき》をついてノートをとじた。

1度《ど》も、終《お》わりまで描《か》きあげたことがない。

まだ、これは下書《したが》きなのに。

下書《したが》きができあがったら、それを、原稿用紙《げんこうようし》に描《か》いて、つけペンでペン入《い》れして、トーン貼《は》ってベタ塗《ぬ》って、プロのまんが家《か》さんみたいに、ちゃんとしあげてみたい。

そう思《おも》って、お年玉《としだま》で、まんがキットも買《か》った。つけペンやインクやスクリーントーンとか、まんがを描《か》く道具《どうぐ》が、一通《ひととお》り入《はい》っている。なのにまだ出番《でばん》はこない。

あきっぽいのかな、あたし。ううん、ちがう。はずかしいんだ。

すぐに、手《て》がとまってしまうの。

地味《じみ》でさえない、「空気《くうき》」のあたしが。すてきな恋《こい》の話《はなし》を描《か》いてるなんてさ。

自分《じぶん》も、いつか、だれかに「好《す》きだよ」って言《い》われたり、言《い》ったりしてみたいなって、思《おも》ってるだなんてさ。笑《わら》っちゃうよね。

だれにもみつからないように、ファイルと、まんがノートと、まんがキットを、段《だん》ボールの奥《おく》にしまいこんだ。

これは、あたしの、大事《だいじ》な大事《だいじ》な秘密《ひみつ》。


夏休《なつやす》みがはじまって、すぐに引《ひ》っ越《こ》しの日《ひ》はやってきた。

新《あたら》しい家《いえ》をみあげる。2階建《かいだ》ての一軒家《いっけんや》、お庭《にわ》もある。

「わー。ひろーい……」

中古《ちゅうこ》だって言《い》ってたけど、思《おも》ったよりきれい。

校区《こうく》のはじっこにあるから、学校《がっこう》は遠《とお》くなるけど、かまわない。

ずっとアパートだったから、じつは、あこがれてたんだ。一戸建《いっこだ》てに。

「かわいい犬《いぬ》を飼《か》ったり、庭《にわ》でお花《はな》を育《そだ》てたりして。日曜日《にちようび》にはアップルパイを焼《や》いて、メグを呼《よ》んでいっしょに食《た》べて……」

妄想《もうそう》がひろがる。

ちなみに、あたしもメグも、妄想《もうそう》の中《なか》では、少女《しょうじょ》まんが風《ふう》きらきらお目目《めめ》。ばっちり美化《びか》されてるのだ。すぐに脳《のう》みその中《なか》がまんがモードになっちゃうんだよね、あたし。

引《ひ》っ越《こ》しトラックから、つぎつぎに家具《かぐ》が運《はこ》びこまれていく。

それぞれの家《いえ》で使《つか》っていたものもあれば、新《あたら》しく買《か》ったものもある。

「子《こ》ども部屋《べや》は2階《かい》だからねー。自分《じぶん》の荷物《にもつ》は運《はこ》びなさいねー」

みちるさんがさけんだ。

「悠斗《ゆうと》も、渚《なぎさ》も。千歌《ちか》ちゃんの荷物運《にもつはこ》ぶの、てつだってあげなさいね」

……そうだった。犬飼《いぬか》いたいとか夢《ゆめ》みてる場合《ばあい》じゃなかった。

いよいよ、渚《なぎさ》くんたちとの同居《どうきょ》が、スタートするんだった。

気《き》が重《おも》いよ。

まったく、うまくやっていける気《き》がしない……。

「おい、鳴沢千歌《なるさわちか》」

いきなり渚《なぎさ》くんに呼《よ》ばれて、あたしはびくっとはねた。

「な、なに……？」

渚《なぎさ》くんは眉間《みけん》にしわをよせて、

「これ、おまえのだろ？　なにが入《はい》ってるんだよ、すげー重《おも》いんだけど」

あたしのお宝段《たからだん》ボールたちを指差《ゆびさ》した。

「あああ。あのっ。これはさわらないで！　自分《じぶん》で運《はこ》ぶから！」

抱《かか》えようとして、でも重《おも》くて、あたしはうなった。力入《ちからい》れすぎて血管切《けっかんき》れそう。

「やめとけば？」

「うう……」

くやしい。結局《けっきょく》、重《おも》いものは、引《ひ》っ越《こ》し屋《や》さんに運《はこ》んでもらうことにした。

「っていうかさ。おれたちの部屋《へや》ってどうなるの？　みた？」

「みてない。今日《きょう》がはじめて」

パパたちが家《いえ》を探《さが》してみてまわっているとき、ついてくるかってさそわれたけど、いかなかったんだよね。渚《なぎさ》くんがいたら気《き》まずいなって思《おも》ったし。

2階《かい》へあがってみると、悠斗《ゆうと》くんが引《ひ》っ越《こ》し屋《や》さんたちに、これはあっち、あれはこっち、と、てきぱき指示《しじ》している。

「兄《にい》ちゃん」

「渚《なぎさ》。僕《ぼく》たちの部屋《へや》はこっちの8畳間《じょうま》で、となりの6畳《じょう》は、千歌《ちか》ちゃん。奥《おく》の部屋《へや》は母《かあ》さんたちの寝室《しんしつ》だからね」

「って、なに勝手《かって》に決《き》めてんの？」

渚《なぎさ》くんがつっかかる。

「それがベストだろう？　子《こ》ども部屋《べや》はふたつしかないし、だったら広《ひろ》いほうを僕《ぼく》ら兄弟《きょうだい》でいっしょに使《つか》うしか」

「こいつだけ、ひとり部屋《べや》？」

じとーっと、にらまれている。ような、気《き》がする。

「だって千歌《ちか》ちゃんは女子《じょし》だよ？」

ね、と。悠斗《ゆうと》くんは、あたしににっこりほほえみかけた。

ちっ、と、渚《なぎさ》くんが舌打《したう》ちする。

こいつさえいなければ、って顔《かお》したよね？　いま、そういう顔《かお》してたよね？

はあーあ、と、渚《なぎさ》くんは盛大《せいだい》にため息《いき》をついた。

「せっかく広《ひろ》い家《いえ》に引《ひ》っ越《こ》したってのに、結局兄《けっきょくにい》ちゃんといっしょかよ。あーあ」

悠斗《ゆうと》くんが、渚《なぎさ》くんの頭《あたま》をぽこんとはたく。

渚《なぎさ》くんは5年生《ねんせい》では背《せ》が高《たか》いほうだけど、中学生《ちゅうがくせい》の悠斗《ゆうと》くんよりは頭《あたま》ひとつ小《ちい》さい。

で、あたしはさらに小《ちい》さい。くやしい。

パパもみちるさんも大《おお》きいし、あたしがこの家《いえ》で、いちばん弱《よわ》いみたいじゃん。

そんなことを考《かんが》えているうちに、あれよあれよと家具《かぐ》と段《だん》ボールがそれぞれの部屋《へや》に運《はこ》びこまれていき、引《ひ》っ越《こ》し屋《や》さんは帰《かえ》っていった。

「渚《なぎさ》ー。千歌《ちか》ちゃーん。お昼《ひる》にしようー」

みちるさんが呼《よ》んでる。

あたしと渚《なぎさ》くんは、競《きそ》うように、だだっと階段《かいだん》をかけおりた。

リビングで、積《つ》みあげられた段《だん》ボールにかこまれて、5人《にん》でのり弁《べん》を食《た》べる。

楽《たの》しげなパパとみちるさんを横《よこ》に、渚《なぎさ》くんは、なんだかむすっとしてる。

さっきの部屋割《へやわ》りのときといい、今日《きょう》はずーっと機嫌《きげん》が悪《わる》い。

なんてことを考《かんが》えてると、ふいに、渚《なぎさ》くんがこっちをみた。

「なに、にらんでんだよ、鳴沢千歌《なるさわちか》」

「べっつに」

ぷいっと、顔《かお》をそらす。

「妹《いもうと》のくせに、生意気《なまいき》なんだけど。そういう態度《たいど》」

「…………っ！」

せ、性格《せいかく》、悪《わる》っ！


そして、夜《よる》。かんたんな夕《ゆう》ごはんを食《た》べたあと。

悠斗《ゆうと》くんが、キッチンで、手際《てぎわ》よく食器《しょっき》を洗《あら》いはじめた。

「さすが、えらいなあ」

パパが目《め》をまるくして感心《かんしん》している。

あたしもあわてててつだいにいった。悠斗《ゆうと》くんにばっかり、押《お》しつけるわけにいかないもん。

「いいよ、千歌《ちか》ちゃんは。渚《なぎさ》といっしょにテレビでも観《み》てなよ」

悠斗《ゆうと》くんはにっこり笑《わら》ってくれたけど、首《くび》を横《よこ》にふる。

渚《なぎさ》くんといっしょだなんて、気《き》まずいだけだし。

「僕《ぼく》は慣《な》れてるから。家《いえ》のことも、ふだんからてつだってるしね」

「あ、あたしも、少《すこ》しぐらいは」

本当《ほんとう》は、しょっちゅうきてくれていたおばあちゃんにたよりきってたんだけど。

「お風呂《ふろ》、準備《じゅんび》できたよー」

みちるさんの声《こえ》がひびいた。

ていうかあたし、みちるさん、って呼《よ》んでていいのかな。

ママって呼《よ》んで、とか言《い》われたらどうしよう。

いい人《ひと》そうだと思《おも》うけど、みちるさんは悠斗《ゆうと》くんと渚《なぎさ》くんのお母《かあ》さんであって、あたしのお母《かあ》さんってわけじゃないもん。

ずきんと、胸《むね》がうずいた。お母《かあ》さん、って。そもそも、どんな感《かん》じなんだろう。

「――ちゃん。千歌《ちか》ちゃん」

呼《よ》びかけられて、われにかえった。悠斗《ゆうと》くんだ。

「あっ。ごめんなさい。なに……？」

「お風呂《ふろ》、先《さき》に入《はい》ってきなよ」

「えっ」

「レディ・ファースト」

にっこりと、悠斗《ゆうと》くんは笑《わら》う。

お風呂《ふろ》。お風呂《ふろ》。入《はい》らないわけには、いかないよね。汗《あせ》いっぱいかいたし……。

2階《かい》にいって、荷物《にもつ》をひっくりかえして、夏《なつ》のパジャマを探《さが》しだした。

さがりまゆの、ゆるーいパンダの顔《かお》がまんなかにでかでかと描《か》かれたT《ティー》シャツと、セットの黒《くろ》い短《たん》パン。あたしはこういう、ブサかわいいものがけっこう好《す》き。

だけど、渚《なぎさ》くんにばかにされないかな？　これ。「だっせー」とか言《い》って、鼻《はな》で笑《わら》われそう。

ああもう。そんなこと気《き》にしてたらキリがないよ。

あたしは着《き》がえを持《も》って、だだっと階段《かいだん》をかけおりた。

脱衣所《だついじょ》で服《ふく》を脱《ぬ》ぐ。落《お》ち着《つ》かない。

もしだれかがまちがえてドアをあけて入《はい》ってきたらどうしよう。

それに、これ。脱《ぬ》いだ服《ふく》。どうするの？　洗濯《せんたく》カゴに入《い》れてもいいの？

あたしの服《ふく》、あの兄弟《きょうだい》の服《ふく》といっしょに洗《あら》うの？

ええい。あとで考《かんが》えよう。とりあえず、お風呂《ふろ》だ！

がらりと扉《とびら》をあける。

きれいなバスルーム。浴槽《よくそう》も、前《まえ》のアパートより大《おお》きい。

でも、あたしが浸《つ》かったお湯《ゆ》に、あの人《ひと》たちも入《はい》るのかと思《おも》ったら……。

結局《けっきょく》、ささっと髪《かみ》とからだを洗《あら》ったあと、シャワーをあびて、湯船《ゆぶね》には浸《つ》からなかった。

お風呂《ふろ》あがり、リビングにあらわれたあたしをみて、渚《なぎさ》くんは大《おお》きく目《め》をみひらいた。

「な、なに……？」

「………ぶ」

「？」

「ぶはっ！　なんだよ、そのパジャマ！」

渚《なぎさ》くんは、こらえきれないって感《かん》じでふきだした。

想像《そうぞう》以上《いじょう》のリアクションなんですけど。

「そんなに笑《わら》うことなくない？」

「だって！　そのパンダの、その表情《ひょうじょう》！」

教室《きょうしつ》でも、ここまで大笑《おおわら》いしてるの、みたことない。そんなにへん？

「決《き》めた。鳴沢《なるさわ》のこと、これから『パンダ』って呼《よ》ぶ」

「パ、パンダって呼《よ》ばれてもふりかえらないから！」

「でも呼《よ》ぶし。笑《わら》いすぎて腹筋《ふっきん》つりそう」

ほんっとうに、いらいらする。もう、無視《むし》することに決《き》めた。

みちるさんが、冷凍庫《れいとうこ》からアイスキャンディをだしてくれた。冷《つめ》たくておいしい。

「よかったあーっ。千歌《ちか》ちゃんと渚《なぎさ》、すっかり仲《なか》よくなったみたいで」

にっこりほほえまれて、思《おも》わず、かじっていたアイスをふきだしそうになってしまった。

「仲《なか》よくなんて、なってません！」

「仲《なか》よくなんて、なってねーよ！」

あたしがさけんだのと、渚《なぎさ》くんがさけんだのは、同時《どうじ》だった。

「こいつと仲《なか》よくするとか、無理《むり》だってての」

「それはこっちのせりふ！」

ぎゃいぎゃい言《い》いあっていると、パパが、

「渚《なぎさ》くん、つぎ、お風呂《ふろ》に入《はい》りなさい」

と、にこやかに呼《よ》びかけた。

渚《なぎさ》くんはパパのほうはみずに、小《ちい》さくうなずいた。

なんだか、ぎこちないような……。

よく考《かんが》えたら、あたしのパパは、これから、悠斗《ゆうと》くんと渚《なぎさ》くんのパパにもなるんだよね。

だいじょうぶ、なのかなあ……？

4．同居《どうきょ》はたいへん！

そんなこんなではじまった同居生活《どうきょせいかつ》は、今日《きょう》で4日目《かめ》。

早《はや》くもつかれた。いろんなことに。

トイレにいくのもみょうにはずかしいし、寝《ね》ぐせのついたぼさぼさの髪《かみ》をみられるのもはずかしいし。洗濯物《せんたくもの》を干《ほ》すのもたいへんだし。

結局《けっきょく》。自分《じぶん》の服《ふく》はみんなのとはべつにして、自分《じぶん》で洗濯《せんたく》して、自分《じぶん》で干《ほ》している。

みちるさんは、「エンリョすることないのにぃー」って言《い》って、あたしの背中《せなか》をばんばんたたいてカラカラ笑《わら》ってたけど。いや、抵抗《ていこう》あるよね、ふつう……。

夏休《なつやす》み、あたしはひたすら自分《じぶん》の部屋《へや》でゴロゴロしている。

悠斗《ゆうと》くんは、塾《じゅく》の夏期講習《かきこうしゅう》にいったり、図書館《としょかん》にいったり。

いっぽう、渚《なぎさ》くんは。今日《きょう》は午後《ごご》からプールにいっている。きのうの夜《よる》は、サッカーの練習《れんしゅう》にいっていたのに、ほんと元気《げんき》だよなあ。

渚《なぎさ》くんは、桜川《さくらがわ》FC《エフシー》っていう、地元《じもと》の、小学生《しょうがくせい》のサッカークラブに入《はい》ってるんだって。

練習《れんしゅう》は週《しゅう》2回《かい》、夕方《ゆうがた》から夜《よる》にかけて。土日《どにち》は試合《しあい》が入《はい》ることもある。

でも、高学年《こうがくねん》になってからレギュラー争《あらそ》いがはげしくなって、でられないこともあるんだって。

悠斗《ゆうと》くんがこっそり教《おし》えてくれた。あんなに運動神経《うんどうしんけい》いいのに、きびしいんだな。

ま、あたしには関係《かんけい》ないけど。それより、自分《じぶん》のことをしなきゃ。

部屋《へや》に積《つ》まれたままの段《だん》ボールをみやる。いいかげん、どうにかしないと。

段《だん》ボールの中身《なかみ》は、宝物《たからもの》のまんがたち。集《あつ》めた単行本《たんこうぼん》に、少女雑誌《しょうじょざっし》も。棚《たな》にきれいにならべてあげなきゃ。なのに。


……………。


そのまま、まんがを読《よ》みふけってしまった。またやってしまった！

ぱたんと、まんがをとじる。

だって、おもしろいんだもん。

何度《なんど》も読《よ》みかえしてるのに、うっかりページをひらいたが最後《さいご》、夢中《むちゅう》になっちゃって、時間《じかん》を忘《わす》れちゃうんだもん。

あたしにも、これぐらいおもしろいまんが、描《か》けたらいいのになあ……。

段《だん》ボールの底《そこ》から、まんがノートをとりだす。

1学期《がっき》に描《か》きはじめて、とちゅうで放置《ほうち》しているまんが。

タイトルは、『転校生《てんこうせい》は、王子様《おうじさま》。』。

転校生《てんこうせい》の謎《なぞ》のイケメンとおとなしい女《おんな》の子《こ》の、切《せつ》ない恋《こい》のお話《はなし》。

だけど、気《き》づいてしまったんだ。ヒロインの女《おんな》の子《こ》とあたし、ちょっと性格《せいかく》が似《に》てる、ってことに。

これじゃ、まるで、叶《かな》わない願《ねが》いをまんがに描《か》いて、自分《じぶん》で自分《じぶん》をなぐさめてるみたい。

はずかしいのを通《とお》りこして、悲《かな》しくなってきちゃった。

だって、あたしみたいな子《こ》には、こんなすてきな恋《こい》なんてきっと永遠《えいえん》に訪《おとず》れないもん。

ちゃんと、わかってるもん。

ため息《いき》をついて、ノートをとじた。

ふと時計《とけい》をみると、もう3時半《じはん》。気分転換《きぶんてんかん》がてら、おやつでも食《た》べようかな。

1階《かい》におりると、リビングには、渚《なぎさ》くんがいた。ソファに座《すわ》って、ジュース飲《の》んでる。

「帰《かえ》ってたんだ」

「ん。急《きゅう》に曇《くも》ってきたから、夕立《ゆうだち》くるかもって、急《いそ》いで帰《かえ》ってきた」

そう言《い》われて、窓《まど》のむこうの空《そら》をみれば、たしかに、暗《くら》い雲《くも》におおわれている。

とりあえず、洗濯物《せんたくもの》、とりこんだほうがいいよね？

渚《なぎさ》くんにもてつだってもらいたかったけど、声《こえ》をかけるのはやめた。どうせ、「ひとりでやれよ、妹《いもうと》なんだから」とか言《い》われるに決《き》まってる。

テラスにでると、湿気《しっけ》をふくんだ風《かぜ》がほおをなでた。ゴロゴロと不穏《ふおん》な音《おと》もする。

うう……。やだなあ。雷《かみなり》、大嫌《だいきら》いなんだよね。

大急《おおいそ》ぎでみんなの洗濯物《せんたくもの》をとりこむ。5人分《にんぶん》だと、こんなにたくさんあるんだ。

これみよがしに、リビングの床《ゆか》に、どさっと置《お》いた。

と、そのとき。ぴかっと、閃光《せんこう》がはしった。そして、

バリバリバリバリッ！


大地《だいち》が裂《さ》けるような、ものすごい音《おと》！

「きゃあああああっ！」

やだ！　落《お》ちた！　こわい！　こわいこわいこわい！

あたしはその場《ば》にへたりこんで、両手《りょうて》で頭《あたま》をおおった。

「おい、だいじょうぶか？　鳴沢《なるさわ》？」

渚《なぎさ》くんの声《こえ》。

ざあああああっ、と、いきなり降《ふ》ってきた雨《あめ》の音《おと》。

ふたたび、稲光《いなびかり》。

そして、ドーンと、はげしい衝撃音《しょうげきおん》！

「いやああああああっ！」

「千歌《ちか》！」

渚《なぎさ》くん。あたしの名前《なまえ》を呼《よ》んでる……？

「落《お》ち着《つ》けって、だいじょうぶだから。すぐやむって」

「やだっ！　絶対《ぜったい》ここに落《お》ちる！　やだやだ死《し》にたくないようっ！」

「落《お》ちないいし、死《し》なないって」

渚《なぎさ》くんが、なにやらなだめてくれているみ

たいだけど、こわくて頭《あたま》に入《はい》ってこない。

それから何度《なんど》も雷《かみなり》は鳴《な》って、そのたびに悲鳴《ひめい》をあげた。そうしているうちに、雷鳴《らいめい》は、だんだん遠《とお》く小《ちい》さくなっていった。

「千歌《ちか》。もう、雷遠《かみなりとお》くにいったから、はなせよ」

「…………？」

はなせよ、って、なにを？

あたしの手《て》、なにかをつかんでる。布《ぬの》。っていうか、渚《なぎさ》くんのT《ティー》シャツ。顔《かお》をあげると、至近《しきん》距離《きょり》に、渚《なぎさ》くんの顔《かお》が。あたし、ひょっとして……。

「きゃあああああっ！」

気《き》づいた瞬間《しゅんかん》、思《おも》いっきり渚《なぎさ》くんをつき飛《と》ばした。

あたしとしたことが！　よりにもよって渚《なぎさ》くんにしがみついていたなんて！

「いってー……。ひどくないか？　勝手《かって》に抱《だ》きついたくせに」

「だ、だ、抱《だ》きついてなんか……っ！」

あわあわとパニクったあたしは、とりこんだばかりの洗濯物《せんたくもの》を、つぎつぎに渚《なぎさ》くんに投《な》げつけた。

「落《お》ち着《つ》けって。っていうかおまえがいまつかんでるそれ、おれの、パ」

「ひゃあああっ！」

手《て》にしていた布《ぬの》きれを、あわてて放《ほう》り投《な》げた。ぱ、ぱ、ぱ、ぱんつ！

「バカ！　ヘンタイっ！」

「自分《じぶん》でつかんだくせに、そりゃないだろ？　むしろおれのほうが被害者《ひがいしゃ》なんだけど！」

ぐっ、と、ことばにつまるあたし。渚《なぎさ》くんは、ぷっ、とふきだした。

「おもしろいな、おまえ。パジャマはパンダだし、悲鳴《ひめい》はでかいし。教室《きょうしつ》では、あんなにおとなしいのに」

「ほっといてよっ」

ぷいっと、そっぽをむいた。完全《かんぜん》に、おちょくられてる。

「ていうか、そんなにこわい？　雷《かみなり》」

「こわくて悪《わる》い？　大嫌《だいきら》い、雷《かみなり》。おばけとゴキブリのつぎにこわい」

「雷《かみなり》でもあんなにびびってたのに、それよりこわいもんあるのかよ」

渚《なぎさ》くん、あきれてる。

「お父《とう》さんとふたり暮《ぐ》らしだったんだろ？　お父《とう》さんが仕事《しごと》で遅《おそ》いときとか、ひとりで大丈夫《だいじょうぶ》だったのか？　そんなにこわがりで」

「なんとかなってたよ。おばあちゃんがきてくれることもあったし、それに」

「それに？」

あたしには、まんががあった。まんがを読《よ》んだり、描《か》いたりしているときだけは、なにもかも忘《わす》れることができた。なにもかも。

だけど、あたしはそれ以上《いじょう》なにも言《い》わなかった。

渚《なぎさ》くんは、ぼんやりと、窓《まど》の外《そと》をながめている。降《ふ》りつづく夕立《ゆうだち》。

「千歌《ちか》にとっては、よかったのかもな。母《かあ》さんたちの再婚《さいこん》」

小《ちい》さなつぶやきが、耳《みみ》に届《とど》いた。

「え？」

あたしにとって「は」、よかった？

「家《いえ》の中《なか》がちょっとでもにぎやかなほうが、気《き》がまぎれるだろってイミ」

「渚《なぎさ》くん、再婚《さいこん》、反対《はんたい》だったの？」

「反対《はんたい》っていうか。どうしていいかわかんないだろ。いきなり父親《ちちおや》ができるとか、同《おな》い年《どし》の女子《じょし》といっしょに暮《く》らすとか言《い》われても」

そっか。そうだよね。渚《なぎさ》くんだって、とまどってたんだ。

あたしにえらそうな態度《たいど》とってたのも、不機嫌《ふきげん》だったのも、もしかして、そのせいだったのかな？

っていうか。渚《なぎさ》くん、いつのまにか、あたしのこと、名前呼《なまえよ》びしてるし。

千歌《ちか》、って、呼《よ》んで、だいじょうぶだって、なだめてくれていた……、よね？

かあっと、顔《かお》が熱《あつ》くなる。

渚《なぎさ》くんは、すっと立《た》ちあがった。

「と、いうわけで。おれは部屋《へや》にもどるから。洗濯物《せんたくもの》ヨロシクな、パンダ」

「は？　これ、ぜんぶ？」

「イ・モ・ウ・ト。だろ？」

渚《なぎさ》くんは、にやりと、悪魔《あくま》みたいなほほえみをうかべた。さ、さ、さいってーい！

ていうかパンダじゃないし！

やっぱりこの人《ひと》、いじわるなのが本性《ほんしょう》なのかも！

雷事件《かみなりじけん》がきっかけだったのか、なんだったのか。

渚《なぎさ》くんとの会話《かいわ》は、あれからどんどん増《ふ》えていった。会話《かいわ》っていっても、一方的《いっぽうてき》にからかわれて、あたしがムキになって……、って感《かん》じだけど。

ベッドに寝転《ねころ》んで、お気《き》に入《い》りのまんがをぱらりとめくった。きらきらした、恋《こい》の話《はなし》。

恋《こい》、かあ……。

なぜか、渚《なぎさ》くんの声《こえ》が耳《みみ》の奥《おく》によみがえった。千歌《ちか》、落《お》ち着《つ》け、っていう、力強《ちからづよ》い声《こえ》。それから、窓《まど》の外《そと》のはげしい雨《あめ》をながめていた、どこかさびしげな横顔《よこがお》も……。

そのとき。

がちゃっ、と、ドアがあく音《おと》がした。

「おい、パンダ」

「きゃあああああっ！」

な、渚《なぎさ》くん！

びっくりして、はね起《お》きた。心臓《しんぞう》、バクバク。

「ノックぐらいしてよ！　あと、パンダって呼《よ》ぶのやめて！」

「パンダ、なに読《よ》んでんの」

「無視《むし》ですか」

渚《なぎさ》くんはずかずかとあたしの部屋《へや》に入《はい》ってきた。

「ちょっと、女子《じょし》の部屋《へや》に勝手《かって》に入《はい》ってこないでくれる？」

「あれ？　そういえばおまえ、女子《じょし》だったっけ。忘《わす》れてた」

かっちーん。

「はやくでてってくれます？」

「怒《おこ》るなって。……あれ？　まだ片《かた》づけ終《お》わってないの？」

すみませんね、散《ち》らかってて。段《だん》ボール積《つ》んだまんまで。

「あんたはすんだの？」

「もちろん。めっちゃきれいに片《かた》づけた。兄《にい》ちゃんが」

「あんたはなにもしてないんじゃん」

「だって、おれがやっても兄《にい》ちゃんが文句《もんく》言《い》うんだもん。あいつさ、めちゃくちゃ几帳面《きちょうめん》で、すっげー口《くち》うるさいの。それはここにおくなとか、ならべかたが雑《ざつ》だとか、怒《おこ》られる」

そうなんだ。意外《いがい》。あたしにはやさしいし、パパにもにこにこしてるのに。

「この荷物《にもつ》、ひょっとして、ぜんぶ、まんが？」

ば、ばれた。どうせまた、バカにされるって身構《みがま》えたら。

「すっげーな。ときどき、読《よ》みにきていい？」

ふつうに、ほめられた。

拍子《ひょうし》ぬけしたあたしは、うん、と、ぎこちなくうなずいた。

「小遣《こづか》いでそろえたの？」

「ううん。パパは、小説《しょうせつ》やまんがだったら、たくさん買《か》ってくれるんだ」

あたしがいつも、夢中《むちゅう》になって読《よ》んでるの、知《し》ってるから。

「まんががあればさびしい思《おも》いがまぎれるって、思《おも》ってるのかも」

思《おも》わず、つぶやきがもれてしまって。あたしは、あわてて口《くち》をおさえた。

「さびしい思《おも》い、って」

渚《なぎさ》くんの低《ひく》い声《こえ》。

いつもとちがう、しずかなひびきに、思《おも》わず、どきっとした。

「ひょっとして、千歌《ちか》の本当《ほんとう》のお母《かあ》さんと、関係《かんけい》、ある？」

はっとした。

本当《ほんとう》の、……お母《かあ》さん。

「少《すこ》しだけ、わかる気《き》がする。おれも、そういうこと、あったから」

「渚《なぎさ》くんのパパって……」

「死《し》んじゃった。おれが小《ちい》さいころに」

さらりと。本当《ほんとう》にさらりと、そんなことを言《い》う。

あたしは、ふうん、と、答《こた》えた。死《し》んじゃった、か。

「少《すこ》しだけわかる、って……」

言《い》いかけたあたしをさえぎるように、渚《なぎさ》くんは立《た》ちあがった。

だから、お父《とう》さんの話《はなし》のつづきは、聞《き》けなかった。

もう、会《あ》えないお父《とう》さん。本当《ほんとう》の、お父《とう》さん。

胸《むね》の奥《おく》が。きゅっ、と、痛《いた》んだ。

5. 波乱《はらん》の新学期《しんがっき》

「おーい！　起《お》きろ！」

だれかの声《こえ》が耳《みみ》もとでひびいてる。うーん……。うるさい……。

「起《お》きろって、変顔《へんがお》パンダ！　今日《きょう》から学校《がっこう》だぞ！」

あたしはぱちっと目《め》をあけた。

「学校《がっこう》！」

がばっと、飛《と》び起《お》きる。

そうだ！　今日《きょう》から、新学期《しんがっき》だ！　……って。いま、あたしを起《お》こしたのは……。

「きゃあああ！　なんでいるの！」

な、渚《なぎさ》くん！

渚《なぎさ》くんがあたしのベッドの横《よこ》に仁王立《におうだ》ちしてる。

あたしはあわてふためいて、ぼさぼさの髪《かみ》を手《て》でなでつけた。

渚《なぎさ》くんは身《み》じたくばっちりだ。

渚《なぎさ》くんをきつくにらみつける。

「ね、寝《ね》てるときにまで、勝手《かって》に入《はい》ってくるなんて、ひどいよ！」

「おじさんにたのまれたんだよ、千歌《ちか》を起《お》こせって。起《お》きなかったら1階《かい》までひきずってこいって」

「……いま、何時《なんじ》？」

「7時半《じはん》」

それを聞《き》いて、さあっと血《ち》の気《け》がひいた。

新《あたら》しい家《いえ》から学校《がっこう》まで、歩《ある》いて30分《ぷん》はかかる。

いまから顔《かお》洗《あら》ってごはん食《た》べてはみがきしてたら、まにあわないじゃん！

「ダッシュでしたくしろよ？　おれはもういくから」

渚《なぎさ》くんがあたしに背《せ》をむけた、その瞬間《しゅんかん》。

あたしは、はしっと、渚《なぎさ》くんのシャツの裾《すそ》をひっぱった。

「なんだよ」

「あああ、あの。クラスのみんなには、同《おな》じ家《いえ》で暮《く》らしてること、ないしょに……」

渚《なぎさ》くんは、ふう、と息《いき》をついた。

「まあ、べつにわざわざみんなに話《はな》すことでもないと思《おも》うけどさ、自然《しぜん》にばれるんじゃないの？　だったらかくさなくてもよくね？　おれだって、友《とも》だち家《いえ》に呼《よ》んだりしたいし。千歌《ちか》だってそうだろ？」

「ダメ！　絶対《ぜったい》ダメ！」

女王様《じょおうさま》のせりながだまってないよ。あたし、絶対目《ぜったいめ》をつけられる。

地味《じみ》でかげうすいけど、そのかわり、いままでずっと平和《へいわ》だったんだよ、あたしの小学校生活《しょうがっこうせいかつ》。

なのに、なのに。

「くれぐれも、学校《がっこう》では話《はな》しかけてこないで。パンダとか呼《よ》ばないでよ？　いままで通《どお》りだよ？」

「なんでそんなに必死《ひっし》なんだよ。涙目《なみだめ》じゃん」

「…………。ほら、いろいろうるさいこと言《い》ってくるやついるじゃん。杉村聡史《すぎむらさとし》とか」

お調子者《ちょうしもの》イヤミ男子杉村《だんしすぎむら》。せりなとはちがったイミでやっかいなやつ。

「あー、あいつな。たしかにいろいろ言《い》いそう。冷《ひ》やかされたりしたらめんどくせーな」

でしょでしょ、と、目《め》でうったえる。

「わかった。とりあえず、当分《とうぶん》は秘密《ひみつ》にしよう。だからさっさと用意《ようい》しろって」

「はっ！」

そうだった。

じゃーお先《さき》、と渚《なぎさ》くんはひらひら手《て》をふった。


新《あたら》しい通学路《つうがくろ》を猛《もう》ダッシュする。こんなに走《はし》るの、ひさしぶりだよ。

暑《あつ》い。太陽《たいよう》ぎらっぎらだし。もう9月《がつ》だなんて信《しん》じられない。

あっという間《ま》に夏休《なつやす》みは終《お》わった。

だけど、あたしたち、まだまだぎこちない。

あたしは、どうしても、まだ、みちるさんに遠慮《えんりょ》しちゃうし。

渚《なぎさ》くんも、相変《あいか》わらずパパによそよそしいし。あたしにはえらそうだし！

きのうだって。あたしが観《み》てるのに、テレビのチャンネル、勝手《かって》に野球《やきゅう》に変《か》えちゃうし。

渚《なぎさ》くんって、サッカーに限《かぎ》らず、スポーツはぜんぶ好《す》きみたい。

野球好《やきゅうず》きのパパは、共通《きょうつう》の話題《わだい》がみつかったって感《かん》じでうれしそうだけど。そんなんで打《う》ちとけられるのかなあ。

そうそう。パパたち結婚《けっこん》したけど、学校《がっこう》ではあたしたち、いままで通《どお》りの苗字《みょうじ》ですごすことになった。先生《せんせい》も、みんなにはだまっていてくれるみたい。

それを聞《き》いたとき、心《こころ》の底《そこ》からほっとした。

信号待《しんごうま》ちで、立《た》ちどまる。街路樹《がいろじゅ》のみどりが光《ひかり》をあびてさわさわゆれてる。

青《あお》に変《か》わった。また、走《はし》らなきゃ。今日《きょう》から新学期《しんがっき》。

ま、まにあった。

ひさしぶりの学校《がっこう》、わが5年《ねん》2組《くみ》の教室《きょうしつ》は、ぎゃあぎゃあうるさい。

ほんのり日焼《ひや》けしたメグが、あたしをみつけてかけよってくる。

「おはよー、千歌《ちか》」

「お……はよ……」

つかれすぎて声《こえ》もかすれる。あたしは水筒《すいとう》のお茶《ちゃ》をいっき飲《の》みした。

「だいじょうぶ？　千歌《ちか》、溶《と》けたアイスみたいになってるよ」

「だ、だいじょうぶだよ……」

汗《あせ》だくだし、もう、へろへろ。

あたしは自分《じぶん》の席《せき》に教科書《きょうかしょ》とノートをしまい、ロッカーにランドセルをおいた。
ちらっと、窓際《まどぎわ》うしろから2番目《ばんめ》、渚《なぎさ》くんの席《せき》をみやる。
渚《なぎさ》くんは男子《だんし》たちとふざけあってる。
にぎやかな場所《ばしょ》がにあうな、って思《おも》う。
決《けっ》して、大《おお》きな声《こえ》でさわいだり、目立《めだ》つことをしていたりするわけじゃないのに。
ただそこにいるだけで、視線《しせん》がすいよせられる。
スポットライトみたいに、渚《なぎさ》くんのところに、光《ひかり》が集《あつ》まってる感《かん》じ。
「おはよーっ、渚《なぎさ》くんっ」
甘《あま》ったるい、高《たか》い声《こえ》がひびいた。せりなだ。
藤宮《ふじみや》せりなが、渚《なぎさ》くんの腕《うで》に手《て》をかけて、上目《うわめ》づかいで話《はな》しかけてる。
せりなと渚《なぎさ》くん。みた目《め》だけなら、すごく絵《え》になる。
まんがの主人公《しゅじんこう》カップルみたい。きらきらしてる。
それにくらべて、どうせあたしはかわいくないし。って、思《おも》ってしまった。
どうしたんだろう、あたし。いままで、そんなこと気《き》にならなかったのにな。
ぶんぶんと首《くび》をふる。渚《なぎさ》くんが悪《わる》いんだよ。

家《いえ》では、服《ふく》を脱《ぬ》ぎっぱなしだとか、片《かた》づけさぼったとか、さんざん怒《おこ》られてるくせにさ。

教室《きょうしつ》では、そんなようす、みじんもみせない。ずるいよ。

ふと。渚《なぎさ》くんが、こっちをみた。目《め》が合《あ》った。

口《くち》パクで、なにか言《い》ってる。ま、に、あっ、て、よ、かっ、た、な。

——まにあって、よかったな。

それから、また、口《くち》パク。

ね、ぐ、せ。

うそ！　あわてて髪《かみ》を手《て》でおさえた。

今日《きょう》は結《むす》ぶ時間《じかん》もなかったし、そのままおろしてる。

走《はし》りっぱなしだったし、きっとぼさぼさだ。あとでトイレで直《なお》さなきゃ。

渚《なぎさ》くんの口《くち》もとがにやけてる。笑《わら》うのをがまんしてるカオだ、あれは。

ばか、と。あたしは口《くち》パクで返事《へんじ》してやった。

すると渚《なぎさ》くんは、いきなり、顔《かお》をくしゃっとゆがませた。

思《おも》わず、ふきだしそうになる。変顔《へんがお》したな！

よーし、あたしも！

いっつもメグがゲラゲラ笑《わら》う、とっておきのおもしろ変顔《へんがお》があるんだから。
ひょっとこみたいに口《くち》をゆがませて、目《め》をよせて……。
渚《なぎさ》くんは、ぶーっとふきだしてしまった。めちゃくちゃ笑《わら》ってる。
ふふん、勝《か》った！
「渚《なぎさ》くん、なに笑《わら》ってるの？」
せりなの甘《あま》ったるい声《こえ》が聞《き》こえてきて、われにかえった。
「……鳴沢《なるさわ》さん？」
こっちをみた。やばい。あたしはあわてて顔《かお》をそらす。
心臓《しんぞう》が、氷《こおり》でなでられたみたいに、ひやっとした。
せりな、あたしのことにらんでた。
運動会《うんどうかい》のリレーのあと、せりなににらまれていた神崎《かんざき》さんのことを、思《おも》いだす。
イヤな予感《よかん》がする。
ぶんぶんと首《くび》をふる。だいじょうぶだよ、きっと。
だって、あたしみたいな地味女子《じみじょし》、せりなの眼中《がんちゅう》にないはずだもん。
まさか、いっしょに住《す》んでるだなんて。ばれるわけないよ、絶対《ぜったい》。

そう、自分《じぶん》に言《い》い聞《き》かせた。

6. はじめてのおしゃれ

つぎの日《ひ》は、ちゃーんと早起《はやお》きできた。

洗濯物《せんたくもの》も夜《よる》のうちに干《ほ》したし、ゆったりしたくできるよ。

「うーん……。ぱっとしないなあ……」

あたしの、たんすの中身《なかみ》。黒《くろ》とか紺《こん》とかグレーとか、しぶい色《いろ》ばっかり。

スカートも、チェックのひざ丈《たけ》の、おでかけ用《よう》のが1枚《まい》あるだけ。あとはぜんぶ、ズボンとショートパンツ。

せりなはいつもかわいい恰好《かっこう》してるのにな。

きのうは、ふんわりしたチュールスカートにきらきらビーズのついたトップス。髪《かみ》はおだんごにまとめて、バレリーナみたいだった。

目《め》をとじて、自分《じぶん》が、あのコーデをしているところを想像《そうぞう》してみた。

やばいぐらいにあわない。

結局《けっきょく》、ボーダーのT《ティー》シャツにジーンズという、なんのおもしろみもないコーデになった。

いいもん、もう、いつも通《どお》りで。

1階《かい》におりると、おみそ汁《しる》の、いいにおい。キッチンで、パパが朝食《ちょうしょく》をつくっている。

パパのとなりでおてつだいをしている悠斗《ゆうと》くんが、あたしに気《き》づいて、

「おはよう」

と、ほほえんだ。あたしも「おはよう」をかえす。

悠斗《ゆうと》くん、エプロンにあうな。かっこいいからなんでもにあう。

みた目《め》がいい人《ひと》は、トクだよなあ。それにくらべて、あたしは……。

ため息《いき》をつきながら洗面所《せんめんじょ》にいくと、洗濯《せんたく》カゴを抱《かか》えたみちるさんがでてきた。

「おはようっ！」

「おはようございます」

みちるさんは白《しろ》いブラウスにグレーのパンツ。メイクもばっちり。

家《いえ》の中《なか》では、スウェットとか、気《き》のぬけたかっこうだけど、お仕事《しごと》モードだと、やっぱりきれい。

みちるさんは、パパのかかりつけの歯科医院《しかいいん》で、歯科衛生士《しかえいせいし》をしているのだ。

そこで知《し》りあったんだって。

「どうしたの、元気《げんき》ないじゃない。どこか具合悪《ぐあいわる》い？」

「だいじょうぶです」

と、笑顔《えがお》をつくってみせたら。みちるさんはあたしの頭《あたま》を、ぽん、となでた。

「ねえねえ。千歌《ちか》ちゃんの髪《かみ》。結《ゆ》ってもいい？」

びっくりしてみちるさんのほうをみたら、みちるさんは、いたずらっぽく、にいっ、と笑《わら》った。


みちるさんの細《ほそ》くて長《なが》い指《ゆび》が、あたしの髪《かみ》を器用《きよう》に編《あ》んでいく。

あたしは洗面所《せんめんじょ》の鏡《かがみ》の前《まえ》で、ぽーっと、自分《じぶん》の顔《かお》をみつめてた。

「できたっ！」

みちるさんの笑顔《えがお》がはじけた。

あたしの髪《かみ》、両《りょう》サイドからきれいな編《あ》みこみになってて、そのまま、ふたつのおさげになってる。

すごい。自分《じぶん》じゃこんなの、できないよ。

「ありがとうございます」

「私《わたし》こそ。楽《たの》しかった！　娘《むすめ》の髪《かみ》を編《あ》むの、ずっとあこがれてたんだ！」

「あ、あたしも」

気《き》づいたら、そう言《い》ってた。

あたしも、小《ちい》さいころ、あこがれてた。ママに、髪《かみ》をかわいく結《ゆ》ってもらうこと。

凝《こ》った髪型《かみがた》をしてる子《こ》が、うらやましかった。ママにやってもらったのかな、って思《おも》うと、切《せつ》なくて、いつのまにか、自分《じぶん》の髪《かみ》をみるのが、好《す》きじゃなくなってたの。

そっと、編《あ》んでもらった髪《かみ》にふれた。

それから、ダイニングテーブルに、お皿《さら》をならべたり、たまごやきや漬物《つけもの》をならべたりしていると、渚《なぎさ》くんがあくびしながらおりてきた。

「はよー。……ん？」

あたしをみて、目《め》をみひらいてる。

「へ。へん……？」

あたしは自分《じぶん》のおさげに手《て》をやった。

どうしてだろう、なんだかはずかしいよ。

「いや。べ、べつにへんじゃないけど……」

渚《なぎさ》くんはもごもご口《くち》ごもって、あたしから目《め》をそらしてしまった。

やっぱりにあわないのかな。ちょっぴり、しゅんとしていると。

「僕《ぼく》はかわいいと思《おも》うよ」

悠斗《ゆうと》くんがフォローしてくれた。やさしいなあ。おせじでもうれしいよ。

渚《なぎさ》くんが、けっ、と言《い》うのが聞《き》こえて、あたしは思《おも》いっきりにらみつけてやったんだ。


あたしが髪《かみ》をアレンジしたの、そんなにめずらしいのかな。

学校《がっこう》で、メグが目《め》をきらきらさせて食《く》いついてきた。

「どしたのどしたの？　千歌《ちか》、自分《じぶん》で編《あ》んだの？　いつのまに、こんなに器用《きよう》に」

「パ、パパが」

「えー？　まじー？　千歌《ちか》パパ意外《いがい》な特技《とくぎ》ー」

うそついてごめんね。でも、本当《ほんとう》のこと知《し》ったらひっくりかえっちゃうよ。

ねえねえ、と、メグがあたしのわき腹《ばら》をつんつんつつく。

「いきなりおしゃれに目覚《めざ》めちゃってあやしいなあ。ま・さ・か、好《す》きな人《ひと》できた、とかじゃないよね？」

「ま、まさか！」

「だよねえ、千歌《ちか》は三次元男子《じげんだんし》にはキョーミないもんねー」

カラカラとメグは笑《わら》った。

せりなの席《せき》に集《あつ》まっていた、目立《めだ》つグループの子《こ》たちが、あたしたちをみてくすくす笑《わら》ってる。

もう！　メグの声《こえ》が大《おお》きいから目立《めだ》っちゃったじゃん。

会話《かいわ》の内容《ないよう》も、きっと聞《き》かれてた。

どうせ、恋《こい》バナなんて、にあわないコトしてるって、ばかにしてるんだ。

だけど……。せりなだけは、笑《わら》ってない。

ぎゅっと、あたしのことをにらんでる。

気《き》づいた瞬間《しゅんかん》、背《せ》すじがつうっと冷《つめ》たくなった。

どうして……？


6時間目《じかんめ》になった。クラブ活動《かつどう》の時間《じかん》だ。

あたしとメグの入《はい》っている、まんが・イラストクラブの活動《かつどう》は、ゆるい。

それぞれ、好《す》きなまんがやアニメの絵《え》を描《か》いてるだけ。

「かっこいいー！　やっぱうまいよ千歌《ちか》」

メグが、あたしのイラストを手《て》に取《と》って、目《め》をキラキラかがやかせた。

メグのはまっているアニメ、「星空《ほしぞら》イレブン」のキャラ、流星《りゅうせい》を描《か》いてみたんだ。

メグは二次元《じげん》のイケメンが大好《だいす》きなのだ。

「男《おとこ》の子《こ》をかっこよく描《か》くの、むずかしいよね」

メグがため息《いき》をつく。

「わかる。むずかしい」

からだの線《せん》のしゅっとした感《かん》じとか、強《つよ》い目力《めぢから》とか、むずかしい。

メグは、まんが好《ず》きのお絵描《えか》き仲間《なかま》。イラストレーターにあこがれてる。

アニメもいっぱい観《み》てて、まんがも詳《くわ》しくて、話《はな》してておもしろい。お姉《ねえ》ちゃんがアニメおたくで、その影響《えいきょう》ではまったんだって。

「みんな、ちょっといいかー」

顧問《こもん》の先生《せんせい》が、ぱんぱん、と手《て》をたたいた。

みんながいっせいに注目《ちゅうもく》する。なんの話《はなし》だろう。

「10月《がつ》の学習発表会《がくしゅうはっぴょうかい》で、みんなの作品《さくひん》を展示《てんじ》することになった。6年生《ねんせい》から、まんが・イラストクラブの作品《さくひん》を発表《はっぴょう》する機会《きかい》がほしいと、意見《いけん》がでていたんだ」

はっぴょうするキカイ？

学習発表会《がくしゅうはっぴょうかい》では、全学年《ぜんがくねん》、全《ぜん》クラスが、合奏《がっそう》や劇《げき》などを練習《れんしゅう》して発表《はっぴょう》する。保護者《ほごしゃ》もみにくる、大《おお》きなイベントだけど……。

あたしが入学《にゅうがく》してからいままで、クラブ活動《かつどう》や部活動《ぶかつどう》が、なにかを発表《はっぴょう》したことはない。もちろん、まんが・イラストクラブも。

先生《せんせい》はつづける。

「イラストは掲示《けいじ》。まんがは印刷冊子《いんさつさっし》にして展示《てんじ》して、自由《じゆう》に手《て》に取《と》ってみてもらえるようにする」

6年生《ねんせい》の原口《はらぐち》レン先輩《せんぱい》が立《た》ちあがった。

「先生《せんせい》、何冊《なんさつ》か、図書室《としょしつ》においてもらうことはできませんか？」

すごい。かなり積極的《せっきょくてき》。展示《てんじ》の提案《ていあん》をしたのも、きっと先輩《せんぱい》だ。

原口先輩《はらぐちせんぱい》はすごくまんががうまい。

4月《がつ》、はじめてのクラブ活動《かつどう》の時間《じかん》。ちらっと、まんがをみせてもらった。

まんが用《よう》の原稿用紙《げんこうようし》に、きちっとペン入《い》れされた、きれいな原稿《げんこう》だった。絵《え》もうまいし、キャラがほんとに動《うご》きだしそうなぐらい、いきいきしてた。

雑誌《ざっし》の賞《しょう》に投稿《とうこう》してるって、うわさ。

やっぱり、自信《じしん》があるんだ。

先輩《せんぱい》は、もの静《しず》かだけど、暗《くら》いって感《かん》じじゃなくて、なんだか、ほかの生徒《せいと》たちと一線《いっせん》引《ひ》いてるって雰囲気《ふんいき》。

ひょっとして、まんがのネタにするために人間観察《にんげんかんさつ》してるのかも、なんて思《おも》っちゃう。

「いいアイデアだな。図書《としょ》の先生《せんせい》に相談《そうだん》してみよう」

先生《せんせい》も乗《の》り気《き》みたい。

千歌《ちか》、千歌《ちか》、と。メグがあたしをこづく。

「いいじゃん、千歌《ちか》、描《か》きなよ。千歌《ちか》のまんが、読《よ》んでみたい」

こっそり、メグはささやいた。

描《か》いてはいるけど完成《かんせい》させたことはないってこと、メグだけは知《し》ってる。

でも、読《よ》んでもらったことはない。ていうか、だれにもみせたこと、ないんだ。

それなのに、いきなりみんなに公開《こうかい》するだなんて。

「無理《むり》だよ」

と、あたしはちいさくつぶやいた。

はずかしいし……、こわいよ。

鳴沢千歌《なるさわちか》のくせに恋愛《れんあい》まんがなんておかしいって笑《わら》われる。

そう思《おも》ったら、手《て》がとまるの。


もんもんとしているうちに、日曜日《にちようび》になった。

朝早《あさはや》くから、みんな、ばたばたしてる。

「今日《きょう》、渚《なぎさ》の試合《しあい》なんだ」

みちるさんが、大《おお》きな水筒《すいとう》にドリンクをつめながら、教《おし》えてくれた。

渚《なぎさ》くんはユニフォームすがただ。

「試合《しあい》なんて、ひとことも言《い》ってなかったじゃん」

「わざわざ教《おし》えることじゃないし」

つれなく言《い》い捨《す》てて、渚《なぎさ》くんは牛乳《ぎゅうにゅう》をいっき飲《の》みした。

立《た》ちあがり、スポーツバッグを抱《かか》える。

「千歌《ちか》も応援《おうえん》にいかないか？」

パパがそう言《い》ったけど、渚《なぎさ》くんは、「こなくていいよ」なんて言《い》う。

「私《わたし》も、くるなって言《い》われちゃったんだ。今日《きょう》応援《おうえん》にいくのはパパだけ」

みちるさんが肩《かた》をすくめる。

パパはいくんだ。渚《なぎさ》くん、イヤじゃないのかな。

もちろん、あたしの大事《だいじ》なパパと、仲《なか》よくなってもらえたらうれしいけど。

なんとなく気《き》になって、玄関《げんかん》まで見送《みおく》りにいく。

「がんばってね」

返事《へんじ》はない。渚《なぎさ》くんの背中《せなか》、……なんだか、とても。

ばたんと、ドアがしまる。

「……緊張《きんちょう》してるのかなあ」

遅《おそ》い朝《あさ》ごはんを食《た》べながら、ぽつりとつぶやく。

「そうだと思《おも》うよ。千歌《ちか》ちゃん、よくわかったね」

みちるさんが苦笑《くしょう》した。

だって。渚《なぎさ》くん。

顔《かお》つきも、背中《せなか》も、かちかちにかたくなってるようにみえたから。

「千歌《ちか》ちゃん。今日《きょう》はふたりで、デートしようか」

みちるさんが、にーっと、笑《わら》った。

7. あいつにみられた！

街《まち》にでかけて、いろんなお店《みせ》をのぞいたあと。カフェで休憩《きゅうけい》。

こんなおしゃれなカフェなんてはじめてで、ちょっと緊張《きんちょう》しちゃう。

みちるさんはカフェラテをひとくち飲《の》んでから、そっとカップをおいた。

「渚《なぎさ》ね。ひさびさのスタメンだから、あがってるんだと思《おも》う。ミスしたらどうしよう、って」

「渚《なぎさ》くんでも不安《ふあん》になるんだ……」

学校《がっこう》での渚《なぎさ》くんは堂々《どうどう》としてて、自信《じしん》たっぷり。

昼休《ひるやす》みもまっさきにグラウンドにいって、サッカーしてる。

「去年《きょねん》の冬《ふゆ》にね、ケガしちゃって。練習《れんしゅう》できない時期《じき》があって。あせって、こっそり練習《れんしゅう》して、さらに悪化《あっか》させちゃって。春《はる》にはクラブの練習《れんしゅう》にも復帰《ふっき》したんだけど、休《やす》んでる間《あいだ》に、チームのみんながどんどん成長《せいちょう》してて」

あたしは。話《はなし》を聞《き》きながら、じっと、オレンジジュースのグラスをみつめていた。

「ずっと主力《しゅりょく》だったのに、スタメンはずれて、くやしかったと思《おも》う」

「でも、今日《きょう》はばっちりでられるんですよね？」

みちるさんはにっこりとうなずいた。

「みんなで応援《おうえん》にいったらプレッシャーなんじゃないかなって思《おも》って、パパにまかせた。千歌《ちか》ちゃんにあんな態度《たいど》とってたけど、たぶん、カッコいいとこみせられる自信《じしん》が、まだないだけなのよ。ごめんね」

あたしは首《くび》をぶんぶんと横《よこ》にふった。

いままで、渚《なぎさ》くんにそんな悩《なや》みがあるなんて、想像《そうぞう》もしてなかった。

渚《なぎさ》くんの試合《しあい》が、うまくいきますように。


家《いえ》に帰《かえ》って、あたしは久《ひさ》しぶりに、まんがのつづきにとりかかった。

なんのへんてつもない、ふつうの無地《むじ》のノートにコマわりして描《か》いてる。

少《すこ》しでも、ストーリーを進《すす》めたい。

渚《なぎさ》くんのことを考《かんが》えたら。あたしも負《ま》けない、って気持《きも》ちになったの。

夕《ゆう》ごはんの時間《じかん》になっても、パパと渚《なぎさ》くんは帰《かえ》ってこなかった。

みちるさんのスマホが、みじかく鳴《な》る。パパからのメールみたいだ。

「試合《しあい》のあと、ふたりで海《うみ》をみにいったんだって。夕《ゆう》ごはん、食《た》べて帰《かえ》ってくるって」

「で、試合《しあい》は？」

みちるさんは首《くび》を横《よこ》にふった。

ああ……。負《ま》けたんだ。渚《なぎさ》くん。

「そういうこともあるよ」

と、悠斗《ゆうと》くんはさらっと言《い》った。クールすぎない？

「だって、がんばったのに」

「しょうがないよ、ライバルだってがんばってるんだから。勝負《しょうぶ》は甘《あま》くないんだよ」

悠斗《ゆうと》くんはおちゃわんをおいた。その顔《かお》が、少《すこ》し、つかれているようにみえた。


つぎの日《ひ》。渚《なぎさ》くんは、学校《がっこう》ではいたっていつも通《どお》りだった。

家《いえ》に帰《かえ》ってすぐ、あたしは宿題《しゅくだい》もせずに、まんがノートを広《ひろ》げた。

「うーん、ここからどうしよう。悩《なや》むなあ……」

考《かんが》えこんでいるうちに、なんだか眠《ねむ》くなってきて、あたしは学習机《がくしゅうづくえ》につっぷした。

…………。

「千歌《ちか》。千歌《ちか》。千歌《ちか》パンダ」

思《おも》いっきり、肩《かた》をゆさぶられて、びくっとはね起《お》きる。

渚《なぎさ》くんだ！

「おまえって、つくづくよく寝《ね》るよな」

「ば、ばかっ！　ノックしてって何度《なんど》言《い》ったらわかんのっ？」

「ノックしたよ、何回《なんかい》も。だけど返事《へんじ》ないから、入《はい》っていいんだと思《おも》って」

「んなわけないじゃん！　どうしてそうなるの！」

「トイレだと、ノックしてノックが返《かえ》ってこなかったら入《はい》れるじゃん」

「あたしの部屋《へや》はトイレじゃありません」

いつもの、むかつく渚《なぎさ》くん。負《ま》けた試合《しあい》のことは、もう、ふっきれたのかな。

と、渚《なぎさ》くんの視線《しせん》が、あたしの机《つくえ》のうえにむけられている。

なに？　……って、そうだった！

「み、みないでっ！」

描《か》きかけのまんがノートを両手《りょうて》でかくす。

心臓《しんぞう》、バクバク。これはあたしの大事《だいじ》な秘密《ひみつ》。

あたしのいきおいにおどろいたのか、渚《なぎさ》くんはちょっと身《み》をひいた。

「と、ところでなんの用《よう》ですか」

「宿題《しゅくだい》、みせてもらおうと思《おも》って」

「悠斗《ゆうと》くんに教《おし》えてもらえば？」

「追《お》いだされたんだよ。散《ち》らかすなとかさわぐなとか、渚《なぎさ》がいると気《き》が散《ち》るとか言《い》われて」

渚《なぎさ》くんはちょっとへこんだようす。悠斗《ゆうと》くんってば、渚《なぎさ》くんにはきついこと言《い》うんだな。

渚《なぎさ》くんは、あたしのベッドに座《すわ》って、本棚《ほんだな》をながめている。

あたしは少《すこ》し、声《こえ》をひそめた。

「ねえ。渚《なぎさ》くんと悠斗《ゆうと》くんって、仲悪《なかわる》いの？」

「うーん、どうだろ。いいときもあれば悪《わる》いときもある。いまは最悪《さいあく》。塾《じゅく》のテスト、結果《けっか》よくなかったみたいでさ。ぴりぴりしてるんだよね」

そうなんだ。それで、勝負《しょうぶ》は甘《あま》くないなんてこと、言《い》ってたんだ。

あたしは、渚《なぎさ》くんのとなりに、腰《こし》かけた。

「あたしのせいかな？　ほら、パパとみちるさんが再婚《さいこん》して、いっしょに暮《く》らしはじめて、なんだかんだで、しっかりものの悠斗《ゆうと》くんに、ずっと甘《あま》えてきたから」

いつも笑顔《えがお》の悠斗《ゆうと》くん。いっぱい気《き》をつかってたんじゃないのかな。それで、テストが。

「ばーか」

とつぜん、渚《なぎさ》くんが、あたしのほっぺたを、むにっとつまんだ。

どきん！　と、心臓《しんぞう》がはねた。

うそ。なにこれ。あたし、おかしくなっちゃった？

「い、いあい、はあしへ」

ほんとは痛《いた》くない。でも。心臓《しんぞう》が。

「そんなこと気《き》にすんな」

はなしてくれた。でも、どきどきはまだつづいてる。

「兄《にい》ちゃんには目標《もくひょう》があるんだよ。医者《いしゃ》になること」

しずかに、渚《なぎさ》くんは話《はな》しはじめた。

「おれたちの父《とう》さん、死《し》んだって言《い》ったろ？　病気《びょうき》で、なんだ。みつかったときは手遅《ておく》れだったんだって」

「……そっか」

それで、悠斗《ゆうと》くん。お父《とう》さんをうばった病気《びょうき》を倒《たお》したくて。あんなに、一生懸命《いっしょうけんめい》。

「渚《なぎさ》くんも悠斗《ゆうと》くんもえらいね。がんばってることがあって」

「兄《にい》ちゃんはともかく、おれは、ただ、好《す》きなことやってるだけだから」

「そうかな？　すごいと思《おも》う。あたしなんて、現実逃避《げんじつとうひ》してるだけ」

「現実逃避《げんじつとうひ》？」

「あたしのママね、どこにいるかわかんないんだ」

こんな話《はなし》、だれかにするのは、はじめてだ。

あたしのひざは、小刻《こきざ》みにふるえている。

「小《ちい》さいときにでていって、それからずっと会《あ》ってないの。顔《かお》も、声《こえ》も、覚《おぼ》えてない」

鼻《はな》の奥《おく》が、つんとする。ママ。

「ママはあたしに会《あ》いたくないのかな。どうしてあたしのことおいていったのかな。あたしのこと好《す》きじゃないのかな、って。考《かんが》えはじめたら、とまらなくなりそうで」

ずーんと、足《あし》もとが暗《くら》い沼《ぬま》になって。ずぶずぶと、沈《しず》んでいくような感《かん》じがした。

あたしは、ずっとさびしかった。こわかった。だけど。

「だけどね。まんがを読《よ》んでいると、ぜんぶ消《き》えるの。読《よ》んでるときだけは、消《き》えるの」

暗《くら》い沼《ぬま》が消《き》える。お話《はなし》の中《なか》に入《はい》りこんで、主人公《しゅじんこう》の気持《きも》ちになってるから。

「そっか」

渚《なぎさ》くんの「そっか」は。なんだかとても、やさしかった。

とくんと胸《むね》が鳴《な》った。だって、いつもとちがうから。だから……。

「おれも、わかる。サッカーやってるときは、夢中《むちゅう》だから、さびしいとか、そういうの、ぜんぶなくなる」

思《おも》わず、顔《かお》をあげた。渚《なぎさ》くんはつづける。

「千歌《ちか》は、おれや兄《にい》ちゃんのこと、がんばっててえらいって言《い》ってたけど。千歌《ちか》にだってあるじゃん、がんばってること」

「え？」

「さっき。ちらっとみえた。絵《え》、うまいな。おまえ」

み、みてたんだ。かああっと、顔《かお》が熱《あつ》くなる。

「あああ、あの。それはぜんぶ、みなかったことに……」

最後《さいご》には、あたしの声《こえ》、消《き》え入《い》りそうになってしまった。あまりにもはずかしくて。

ちらっと、だよね？　みたの。ちょっとだけだよね？

「なんで？」

渚《なぎさ》くんはきょとんと目《め》を丸《まる》めた。なんで、って。だって。

「みせてよ。読《よ》みたい」

「ダ、ダメ！」

それだけは、絶《ぜっ》対《たい》に。メグにだって勇《ゆう》気《き》がなくてみせられないのに、な、渚《なぎさ》くんにだなんて。

「妹《いもうと》なんだから逆《さか》らうなって。いいから、みせろってば」

「絶《ぜっ》対《たい》ダメ！」

「だから、なんで？」

「だって。だって……。きっと笑《わら》うもん。バカにするもん」

あたし、キャラじゃない話《はなし》、描《か》いてるから。

「笑《わら》わねーよ」

どきっと、した。渚《なぎさ》くんの目《め》は。まっすぐで。真《しん》剣《けん》で。あたしは目《め》をそらせない。

「笑《わら》わない。人《ひと》が一《いっ》生《しょう》懸《けん》命《めい》描《か》いたもの、絶《ぜっ》対《たい》、バカになんてしない」

「……………」

あたしは。立《た》ちあがって、机《つくえ》からノートを持《も》ってきた。はい、と、突《つ》きだす。

もう、知《し》らない。どうにでもなれ。

紙《かみ》をめくる音《おと》がするけど、あたし、こわくて、渚《なぎさ》くんのほうをみられない。

だって、ばりっばりの少女《しょうじょ》まんがだよ？　渚《なぎさ》くんは絶対興味《ぜったいきょうみ》ないはずだし。

どう思《おも》われるんだろう、あたし。

「すっげー……」

ため息《いき》のようなつぶやきが聞《き》こえた。思《おも》わず、渚《なぎさ》くんのほうをふりむく。

「すげーよ千歌《ちか》、これ、ちゃんとまんがになってる」

「そ、それはどうも……」

ほ、ほめられてる、あたし。

かああっと、顔《かお》が熱《あつ》くなる。

「おれ、はじめてみた。まんが描《か》けるやつも、こんなきれいな絵《え》が描《か》けるやつも、はじめてみた」

「そ、それはどうも……」

「夏休《なつやす》み、ずっと部屋《へや》にこもってなにやってんだろって思《おも》ってたけど。まんが描《か》いてたんだ。へえー。すげえ」

きれいな絵《え》だなんて。オタクだから一日中《いちにちじゅう》描《か》きつづけてたって飽《あ》きないだけです。

げ、現実逃避《げんじつとうひ》の結果《けっか》です。

それに、渚《なぎさ》くんのまわりにいないだけで、あたしよりうまい人《ひと》、いっぱいいるんだよ。

でも……。いつもイヤなことばかり言《い》ってくる渚《なぎさ》くんに、まさか、こんなにまっすぐほめられるなんて。うれしいような、はずかしいような、くすぐったいような。

調子《ちょうし》くるっちゃうよ。どんなカオしていいのか、わかんない。

「ところで、これ、つづきは？」

「えっ」

「すげー気《き》になるところで終《お》わってるんだけど」

「よ、読《よ》みたい……？　つづき。少女《しょうじょ》まんがとか、興味《きょうみ》ないでしょ？」

渚《なぎさ》くんは首《くび》を横《よこ》にふった。

「知《し》ってるやつが描《か》いたんなら、話《はなし》はべつ。最後《さいご》まで読《よ》まなきゃ、すっきりしねーよ」

その、大《おお》きな瞳《ひとみ》が、きらきらしてる。きらきら、きらきら……。

あたしはなんだか、ぽーっとしてしまって。

とくとくとくとく、と、心臓《しんぞう》の音《おと》が速《はや》くて。

「がんばって、描《か》く。最後《さいご》まで」

気《き》づいたら、そう、言《い》ってしまっていた。

「そうこなくちゃ。がんばれよ！」

あたしの背中《せなか》を、ばしんとたたく渚《なぎさ》くん。い、痛《いた》いってば。

「おれも、千歌《ちか》に負《ま》けてらんねーな」

立《た》ちあがって、ドアをあけた。

「どこいくの？　宿題《しゅくだい》は？」

「そんなもん、あとでいーよ。おれ、いまから公園《こうえん》いって自主練《じしゅれん》してくるな！」

渚《なぎさ》くんは、にーっと、笑《わら》った。

うそ。うそでしょ？

がんばれっていう、まっすぐなはげまし。

ひまわりみたいに、明《あか》るくてまぶしい笑顔《えがお》。

そのリアクションが意外《いがい》すぎて、びっくりしたから。だから。

あたしの、胸《むね》の鼓動《こどう》。

いつまでも、おさまらないでいる……。

8. 女王様《じょおうさま》に、にらまれる。

あたしって、単純《たんじゅん》なのかな。
ほめられて、つづきを読《よ》みたいって言《い》われたとき。
顔《かお》が熱《あつ》くなって、くすぐったくて。ふわーっと、どこまでも飛《と》んでいきそうになった。
描《か》くのが、楽《たの》しくなった。頭《あたま》の中《なか》は、まんがのストーリーのことでいっぱい。
授業《じゅぎょう》も、なんだかうわの空《そら》。はやく家《いえ》に帰《かえ》って描《か》きたいよ。
「23ページ、段落《だんらく》3から、高坂《こうさか》くん」
先生《せんせい》が渚《なぎさ》くんを指名《しめい》した。
「はい」と、はきはきした渚《なぎさ》くんの声《こえ》。
どきっとした。
あたし。最近《さいきん》、おかしい。渚《なぎさ》くんの声《こえ》が聞《き》こえたら、心臓《しんぞう》がはねる。
国語《こくご》の教科書《きょうかしょ》を、渚《なぎさ》くんが読《よ》んでる。教科書《きょうかしょ》で顔《かお》をかくして、こっそりみつめた。

背中《せなか》、まっすぐなんだな。

きりっとした眉《まゆ》も、大《おお》きな目《め》も、あんまりみちるさんには似《に》てない。亡《な》くなったお父《とう》さんに似《に》たのかなあ……。

3時間目《じかんめ》が終《お》わって、チャイムが鳴《な》った。

なんだか、頭《あたま》がぼーっとする。ここんとこ、毎日遅《まいにちおそ》くまでまんがを描《か》いているせいかな。

渚《なぎさ》くんは、男子《だんし》たちとなにか話《はな》してる。

休《やす》み時間《じかん》の教室《きょうしつ》には、たくさんの音《おと》があふれてる。なのに、渚《なぎさ》くんの声《こえ》はすぐにわかる。

1学期《がっき》は、ぜんぜん、そんなことなかったのに。

「ちーかっ」

うしろから肩《かた》をゆすられた。

「メ、メグっ」

「高坂渚《こうさかなぎさ》がどうかしたの？」

「えっ」

「さっきから、ずーっとみてるからさあ」

「み、みてないみてないみてない！」

全力《ぜんりょく》で否定《ひてい》するけど、声《こえ》が裏返《うらがえ》ってしまった。

「あやしいなー。今日《きょう》だって髪型《かみがた》かわいくしてるし。千歌《ちか》もついに……」

「ない！　ないから！」

髪《かみ》は、今日《きょう》も、みちるさんが整《ととの》えてくれた。

前髪《まえがみ》をふんわりあげて、毛先《けさき》をねじってピンでとめただけのかんたんアレンジ。やりかたも教《おし》えてもらった。

そのとき、ふと、視線《しせん》を感《かん》じた。だれかが、あたしをみてる。

せりなと同《おな》じグループの子《こ》たちだ。

なにか、ひそひそ耳打《みみう》ちしあってるみたいだけど……。

最近《さいきん》、こういうことが多《おお》い。

もやもやした不安《ふあん》が、胸《むね》の中《なか》に広《ひろ》がっていく。

どうか、気《き》のせいでありますように。

4時間目《じかんめ》の理科《りか》が終《お》わって、給食当番《きゅうしょくとうばん》のメグは、理科室《りかしつ》から、ひと足先《あしさき》に急《いそ》いで教室《きょうしつ》にもどった。

あたしはひとり、のんびりと廊下《ろうか》を歩《ある》く。

男子《だんし》たちはばたばたと走《はし》っていって、先生《せんせい》にどなられている。

「千歌《ちか》、ちょっと」

いきなり、ぐいっと、腕《うで》を引《ひ》かれた。な、なに？

「渚《なぎさ》くん」

「こっち、あいてる」

渚《なぎさ》くんは声《こえ》をひそめた。

ふだんはしまっているパソコン室《しつ》のドアが、あいている。こっそり中《なか》に入《はい》った。

だれもいないし、分厚《ぶあつ》いカーテンがぴっちりしまっているせいで、薄暗《うすぐら》い。

「な、なに……？」

「これ」

渚《なぎさ》くんはあたしに、折《お》りたたんだプリントをよこした。

「なに、これ」

「学校《がっこう》から保護者《ほごしゃ》へのアンケート。今日《きょう》までに先生《せんせい》にださなきゃいけないんだって。おじさんが、千歌《ちか》にわたしそびれてたって、今朝《けさ》、おれに」

「……あ」

「おれがかわりに先生《せんせい》にだすとこ、だれかにみられたらやばいし。でも、なかなか千歌《ちか》にわたすタイミングなくて、ずっと持《も》ち歩《ある》いてたんだ」

「ありがとう、その」

「ん？」

「ずっと気《き》になってたんだけど。渚《なぎさ》くん、パパのこと、まだ苦手《にがて》なのかなあって」

「気《き》づいてたのか」

「そりゃあね」

渚《なぎさ》くんはきまり悪《わる》そうに頭《あたま》のうしろを掻《か》いた。ほおが、ほんのり赤《あか》く染《そ》まっている。

「おれが、試合《しあい》に負《ま》けたとき。海《うみ》、みにつれてってくれてさ……。その、いろんな話《はなし》、してくれた。いい人《ひと》だな、千歌《ちか》のお父《とう》さん」

「でしょ！」

うれしくて、声《こえ》がはずんだ。

「なんたって、あたしのパパだもん。好《す》きになってくれたらうれしい」

「好《す》き、っていうか。いい人《ひと》だってことは認《みと》めるけどさ！」

渚《なぎさ》くんは、ぷいっと顔《かお》をそらした。もう、耳《みみ》まで真《ま》っ赤《か》だよ。

こういうトコ、ちょっぴり、かわいいかも。

パパとどんな話《はなし》をしたのかは気《き》になるけど、それは、ふたりの秘密《ひみつ》かな？

なんてことを思《おも》ってたら、いきなり、渚《なぎさ》くんにおでこをこづかれた。

「ニヤニヤすんなって！　ちょんまげ」

「はあっ？」

「前髪《まえがみ》」

「み、みちるさんはにあうって言《い》ってくれたもん。おでこだすの」

でも、やっぱりへんなのかな。あたしは、むきだしのおでこを手《て》でかくした。

「べつに。に、にあわないこともねーけど……」

「なんなの。どうせ、へんだって思《おも》ってるんでしょ。はっきり言《い》えば？」

じろっと、渚《なぎさ》くんをにらむ。

「し、知《し》らね！　それより早《はや》く教室《きょうしつ》もどらねーと」

「そうだった、給食《きゅうしょく》！」

思《おも》いだしたとたん、おなかがぐうっと鳴《な》った。

渚《なぎさ》くんが「だっせー」と、あたしをせせら笑《わら》う。

やっぱ、むかつく。

うっかり、かわいいなんて思《おも》ったあたしがバカだった。

そろりとドアをあけて、先《さき》に渚《なぎさ》くんがパソコン室《しつ》をでる。

それからしばらく待《ま》って、あたしもでた。

「鳴沢《なるさわ》さん。なにしてるの、こんなところで」

「ひゃあああっ！」

いきなり声《こえ》をかけられて、飛《と》びあがりそうになってしまった。

「ふ、藤宮《ふじみや》さん」

せりなが、いぶかしげに眉《まゆ》をよせている。

「そんなにおどろかなくても」

「ご、ごめん。藤宮《ふじみや》さん、なぜここに？」

「授業《じゅぎょう》のあと、先生《せんせい》に用事《ようじ》があって、少《すこ》し話《はな》してたの」

「ふ、ふうん……」

みられてないよね。渚《なぎさ》くん、時間差《じかんさ》ででていったから、気《き》づいてないよね。

せりなは、あたしのカーディガンのすそをちょんとつまんだ。

「これ、メイプルシュガーの？」

「え？　そ、そうなの？」

日曜日《にちようび》の、みちるさんとのデートのとき。選《えら》んでくれたんだ。

シンプルだけどえりにレースがついていてかわいい。こういうのにあうよって言《い》ってくれて、くすぐったかった。

メイプルなんとかって、人気《にんき》ブランドの名前《なまえ》？　くわしくないからわかんない。

「鳴沢《なるさわ》さんってさ……」

じろりと、せりながあたしをにらみつける。

長《なが》いまつ毛《げ》にふちどられた大《おお》きな目《め》。

この目《め》ににらまれると、あたしは、動《うご》けなくなる。

「渚《なぎさ》くんの、なんなの？」

刺《さ》すような、するどい言《い》いかた。あたしは、思《おも》わず後《あと》ずさった。

「な、なにって……」

「鳴沢《なるさわ》さん、渚《なぎさ》くんのことみてるし。さっきだって、ふたりで」

ぎくりと、からだがこわばる。

「か、かんちがいだよ。こ、高坂《こうさか》くんとは、ほとんど、しゃべったこともないし」

せりなは、納得《なっとく》いかないって顔《かお》してる。こうなったら……。

「じゃ、じゃあっ！」

くるりときびすを返《かえ》して、あたしは一目散《いちもくさん》に逃《に》げた。


どうしよう。あたし、完全《かんぜん》に目《め》をつけられてる。

不安《ふあん》がどんどんふくらんで、押《お》しつぶされてしまいそう。

ふりはらうように、家《いえ》に帰《かえ》ってからずっと、『転校生《てんこうせい》は、王子様《おうじさま》。』を描《か》きつづけた。

謎《なぞ》のイケメン転校生《てんこうせい》は、じつはほかの星《ほし》の王子様《おうじさま》なんだ。

宇宙船《うちゅうせん》が地球《ちきゅう》に不時着《ふじちゃく》したときのショックで、星《ほし》の記憶《きおく》をうしなっているの。

で、おとなしいヒロインと恋《こい》に落《お》ちる。

でも、ある日《ひ》、彼《かれ》の記憶《きおく》がもどって、星《ほし》に帰《かえ》らなくちゃいけなくなって——。っていう。

この話《はなし》、おもしろいのかなあ？　自分《じぶん》じゃ、いまいちわからない。

明日《あした》はクラブ活動《かつどう》のある日《ひ》。

まだとちゅうだけど、メグに読《よ》んでもらって、感想《かんそう》を聞《き》こうかな。
あの日《ひ》、渚《なぎさ》くんが、「まんがをがんばっている」ことを認《みと》めてくれて。
勇気《ゆうき》がでた。少《すこ》しだけ、みんなにも読《よ》んでもらいたいなって、思《おも》えるようになったよ。
まんがノートをランドセルの中《なか》に入《い》れて、あたしは部屋《へや》の電気《でんき》を消《け》した。

9. 最悪《さいあく》の事態《じたい》

つぎの日《ひ》の、朝《あさ》。

教室《きょうしつ》の前《まえ》で、目《め》をとじて胸《むね》に手《て》をあてて、深呼吸《しんこきゅう》。よしっ、と、気合《きあ》いを入《い》れる。

せりなにばれかけている。だから、いままでよりもっと、気《き》をひきしめなきゃいけない。

ドアをあけると、がちゃがちゃうるさい、いつも通《どお》りの5年《ねん》2組《くみ》。

ひとまず、ほっとした。

ランドセルをしまっていると、メグがかけよってきた。

「おはよう千歌《ちか》」

「おはようメグ。あのね……」

あたしは、さっそく、メグに切《き》りだした。

「じつはね、読《よ》んでもらいたいものがあるんだ……」

お絵描《えか》き仲間《なかま》で親友《しんゆう》のメグにみせるのでさえ、はずかしくてどきどきする。

あたしからノートをてわたされたメグは、目《め》を大《おお》きくみひらいた。

「まだ、とちゅうだけど」

「いいよ！　ぜんぜんいいよ！　ずっと読《よ》んでみたかったんだ！　千《ち》歌《か》の」

「メグ！　声《こえ》、おっきいよ！」

メグははっと口《くち》をおさえ、あたりをきょろきょろみまわした。

男子《だんし》も女子《じょし》も、みんなあたしたちのほうをみている。せりなも。

心臓《しんぞう》、ばくばく。だいじょうぶだいじょうぶって、心《こころ》の中《なか》で、呪文《じゅもん》みたいにとなえる。

「ご、ごめん。大事《だいじ》に読《よ》むね、千《ち》歌《か》のまんが」

メグは、ささやくように言《い》って、それから、ぺろっと舌《した》をだした。


2時間目《じかんめ》の休《やす》み時間《じかん》に、メグはノートを返《かえ》してくれた。メモがはさまってる。

「切《せつ》ない展開《てんかい》！　つづきが気《き》になる〜！」

って、顔文字《かおもじ》つきで書《か》いてある。

男《おとこ》の子《こ》かっこいい、こんな子《こ》いればいいのに、だって。えへへ。

顔《かお》がにやけちゃうのをおさえながら、ノートを引《ひ》きだしにしまう。

メグにほめられて、ますますあたしはやる気《き》になった。

授業中《じゅぎょうちゅう》も、ずっと、あたしのヒロインのゆく末《すえ》を、妄想《もうそう》してた。

昼休《ひるやす》みに、メグとふたりで図書室《としょしつ》へ。まんがの役《やく》にたちそうな本《ほん》を探《さが》しまわる。

あたし、決《き》めた。学習発表会《がくしゅうはっぴょうかい》で、みんなに読《よ》んでもらう。

きっとこれは、神《かみ》さまがくれたチャンスだ。

そう、思《おも》っていたのに……。


教室《きょうしつ》にもどると、空気《くうき》が、いつもと少《すこ》しちがう。

あたしの席《せき》に、男子《だんし》が数人《すうにん》、集《あつ》まっているんだ。

なんで？

イヤな予感《よかん》がした。

立《た》ちすくむあたしに気《き》づいて、群《むら》がっている男子《だんし》のひとり——杉村聡史《すぎむらさとし》が、にやりと笑《わら》った。

「鳴沢《なるさわ》ー。おまえ、こーんなオトメチックな妄想《もうそう》してんのなー」

さあっと、血《ち》の気《け》がひいた。

杉村《すぎむら》が、あたしのまんがノートをかかげて、ひらひらゆらしている。

どうして杉村《すぎむら》があたしのノートをみてるの？　メグのメモを読《よ》んだあと、たしかに、引《ひ》きだしにしまっておいたはずなのに。

だれかが机《つくえ》の中《なか》を勝手《かって》に探《さぐ》ったの？　杉村《すぎむら》？　それともほかの男子《だんし》？

「返《かえ》して」

冷静《れいせい》にならなきゃ、冷静《れいせい》に。

そう思《おも》ったのに、あたしの声《こえ》はふるえてる。足《あし》も、がくがく、ふるえてる。

「やーだね。おれ、もっとじーっくり読《よ》みたいもん。『彼《かれ》がどこからやってきたひとでも関係《かんけい》ない。あたしは、あの人《ひと》が好《す》き』だって、きゃーっ」

杉村《すぎむら》はわざと声色《こわいろ》を変《か》えて、まんがのせりふを読《よ》んだ。

ほかの男子《だんし》が、「きゃーっ」と、わざとらしくからだをくねらせる。

ばかにされてる、あたし。あたしと、あたしの描《か》いたヒロインが。

「やめなよ杉村《すぎむら》！　人《ひと》のノート勝手《かって》にみるなんて最低《さいてい》だよ！」

メグがかばってくれる。メグの声《こえ》も、ふるえている。

「だって、いかにも読《よ》んでくださいって感《かん》じで、机《つくえ》のうえに載《の》ってたんだもん」

……………え？　引《ひ》きだしを探《さぐ》ったの、杉村《すぎむら》たちじゃないの？

じゃあ。じゃあ、だれが。

「やめなよ杉村《すぎむら》ぁー」

高《たか》い声《こえ》がひびいた。せりなだ。

グループの女子《じょし》たちにかこまれたせりなが、きれいな眉《まゆ》をよせた。

「かわいそうだよー。鳴沢《なるさわ》さんだってあこがれるんだもんね、すてきな恋《こい》とか、王子様《おうじさま》、とか」

ねっ？　と、あたしに笑《わら》いかける。

鳴沢《なるさわ》さんだって？「だって」？

せりなのグループの子《こ》が、にやにや笑《わら》ってる。

せりなも、みんなも、読《よ》んだの？

まさか、引《ひ》きだしからノートを勝手《かって》にだしたのって、……。

目《め》の前《まえ》が真《ま》っ暗《くら》になった。……ひどい。

せりなのグループ以外《いがい》の女子《じょし》たちは、気《き》の毒《どく》そうな目《め》で、あたしをちらちらみてる。

だけどだれも、かばってはくれない。

メグ以外《いがい》には、だれも味方《みかた》はいないんだ。みんな、あたしのこと、ばかにしてるんだ。

息《いき》が苦《くる》しい。鼻《はな》の奥《おく》がつんと痛《いた》む。

イヤだ、泣《な》きたくない。泣《な》きたくないのに。

がらりと、教室《きょうしつ》のドアがあいた。

渚《なぎさ》くんだ。

目《め》が合《あ》った。その瞬間《しゅんかん》、渚《なぎさ》くんの顔《かお》つきが変《か》わった。

あたしは顔《かお》をそらした。涙《なみだ》なんてみられたくない。

こんなみじめなあたし、みられたくない。

「……なにが、あったんだよ」

押《お》し殺《ころ》したような、低《ひく》い声《こえ》。

「渚《なぎさ》もみる？　鳴沢《なるさわ》の少女《しょうじょ》まんが。鳴沢《なるさわ》って意外《いがい》とオトメなんだなー。なんたって、『転校生《てんこうせい》は、王子様《おうじさま》。』だもんなー」

どっと、男子《だんし》たちが笑《わら》う。

やめて。お願《ねが》い、もう、やめて。耳《みみ》をふさごうとした、そのとき。

「杉村《すぎむら》、おまえ、なにやってんだよ！」

渚《なぎさ》くんがさけんだ。そして、まっすぐに杉村《すぎむら》にむかっていく。

「返《かえ》せよ！」

杉村《すぎむら》の手《て》から、あたしのノートをひったくった。

その瞬間《しゅんかん》。

がたん！

大《おお》きな音《おと》がひびきわたって、きゃーっと、女子《じょし》の悲鳴《ひめい》があがる。

杉村《すぎむら》がよろけて、そのはずみで机《つくえ》が倒《たお》れたんだ。

みんな、息《いき》をのんでいる。

教室《きょうしつ》の空気《くうき》は一瞬《いっしゅん》で張《は》りつめて、ぴりぴりと痛《いた》い。

「え？　ちょっとちょっと渚《なぎさ》くーん。なにマジになってんのー？」

杉村《すぎむら》だけが、へらへら笑《わら》っている。

そんなんじゃないし、と、渚《なぎさ》くんは杉村《すぎむら》をにらみつけた。

「千歌《ちか》、一生懸命《いっしょうけんめい》描《か》いてんだし。それをばかにするとか、あんまりだろ？」

渚《なぎさ》くん。渚《なぎさ》、くん。

胸《むね》が痛《いた》いよ。

「……ていうか、なんで呼《よ》び捨《す》て？」

杉村《すぎむら》がつぶやいた。渚《なぎさ》くんが、はっと目《め》をみひらく。

「き、聞《き》きまちがいだよ！　呼《よ》び捨《す》てなんかしてないし！」

「したって！　おれ聞《き》いたもん！　この耳《みみ》で聞《き》いたもんね！　千《ち》歌《か》って言《い》ったの」

杉村《すぎむら》の目《め》が、らんらんとかがやいた。

「言《い》ってない！」

「言《い》ったって！　あやしいなあ、どういう関係《かんけい》なわけ？　ま・さ・か、こっそりつき合《あ》ってる？」

やばい。やばい、この流《なが》れ。

「そ、そんなわけねーだろ！」

渚《なぎさ》くんが否定《ひてい》するけど、杉村《すぎむら》はうす笑《わら》いをうかべたまま。

ほかの男子《だんし》たちも、にやにや笑《わら》ってる。

女子《じょし》たち、とくに、せりなの顔《かお》は、……こわくて、みれない。

杉村《すぎむら》は新《あたら》しいおもちゃをみつけて、完全《かんぜん》に調子《ちょうし》に乗《の》っている。

女子《じょし》たちが凍《こお》りついてるのに、まったく空気《くうき》が読《よ》めてない。

「ひょっとして鳴沢《なるさわ》の王子様《おうじさま》のモデルって、渚《なぎさ》だったりしてーっ」

「だからちがうって、そういうんじゃ」

「渚《なぎさ》ってば、変《か》わったシュミしてんなー。鳴沢《なるさわ》みたいな、だっさいオタクが好《す》きなんてさ」

「好《す》きじゃないし！」

渚《なぎさ》くんがどなった。

「な、鳴沢《なるさわ》のことなんか、好《す》きなわけないだろっ！」

「やめて！」

あたしはさけんだ。

あたし、もう、ぼろぼろだった。

渚《なぎさ》くん。知《し》ってるよ、ちゃんとわかってるよ。

あたしなんか、……好《す》きじゃない、もんね。

メグが、あたしのシャツのすそを、つまんだ。

「……千歌《ちか》」

メグ。ごめんね。かばってくれたのに。応援《おうえん》してくれたのに。

メグの手《て》を、そっとふり払《はら》う。

ふらふらと教室《きょうしつ》を出《で》て、保健室《ほけんしつ》へ。

そのまま、放課後《ほうかご》まで、あたしは教室《きょうしつ》へはもどらなかった。

10・おくびょうな自分《じぶん》

学校《がっこう》から帰《かえ》るとすぐ、あたしは部屋《へや》にこもった。ベッドにつっぷして、ずっと泣《な》きつづけていた。

泣《な》きすぎて目《め》が痛《いた》い。頭《あたま》も、にぶく痛《いた》む。

いま、何時《なんじ》だろう。

少《すこ》し日《ひ》がかたむいて、はちみつ色《いろ》の光《ひかり》がカーテン越《ご》しにさしこんでいる。

トントン。ノックの音《おと》。悠斗《ゆうと》くん？　あたしはドアのそばによった。

「だいじょうぶか？」

渚《なぎさ》くんだ。

「入《はい》るよ」

「ダメっ！」

あたしはとっさに、ドアに体当《たいあ》たりして、あかないようにおさえた。

「千歌《ちか》！」

どんどん、と、はげしくドアがたたかれる。

ダメ。あたしは、ぎゅっと、口《くち》を引《ひ》き結《むす》んだ。

「杉村《すぎむら》のことは気《き》にすんなよ。あいつ、だれに対《たい》してもああなんだよ。だから」

「気《き》にするに決《き》まってんじゃん！」

せっかくとまっていたのに、また。また、ぼろぼろと、涙《なみだ》がこぼれる。

「わかるでしょ？　あたしが、ふだんから、みんなにどう思《おも》われてるか。あんなまんが、あたしが描《か》くなんて、おかしいんだ」

「おかしくないってば！」

「おかしいんだよ。どうせ、あたしは、地味《じみ》で根暗《ねくら》なオタクだもん。渚《なぎさ》くんだって、パパたちが再婚《さいこん》しなかったら、あたしなんかとは、かかわらなかったはずだもん」

味方《みかた》になってくれたことも、怒《おこ》ってくれたことも、うれしかったよ。でも。

渚《なぎさ》くんだって、あたしのことなんか、好《す》きじゃないって、……言《い》ってた。

「渚《なぎさ》くんにはわかんないんだよ。あたしの気持《きも》ちなんか」

胸《むね》が痛《いた》くて、ぎゅうっと苦《くる》しくて。

ドアにほっぺたを押《お》しつけて、声《こえ》をころして泣《な》いた。

あたしなんか。あたしなんかが、一生懸命《いっしょうけんめい》まんがを描《か》いたって、しょうがないんだ。

あたしが描《か》いてるってだけで、おかしいんだ。笑《わら》われるんだ。

かんちがいして、夢《ゆめ》みちゃったあたしが、ばかだった。

「……わかった。もう知《し》らね。勝手《かって》にしろよ」

渚《なぎさ》くんの力《ちから》ないつぶやきが、耳《みみ》に届《とど》いた。


……いってしまった。

そっとドアをあけると、廊下《ろうか》に、まんがノートがおかれていた。

渚《なぎさ》くんが、取《と》りもどしてくれたんだ。拾《ひろ》いあげて、ぱらりと、めくる。

杉村《すぎむら》や、せりなたちに、さんざんばかにされた、あたしのまんが。

わかってた。ロマンチックで切《せつ》ないラブストーリーなんて、あたしにはにあわない。

恋《こい》なんて、あたしにはにあわない。

すげーな、って、きらきら目《め》をかがやかせた渚《なぎさ》くん。はげましてくれたメグ。

つづきを読《よ》んでほしかった。おもしろいって言《い》って笑《わら》う顔《かお》がみたかった。

でも、もう、描《か》けないよ。

杉村《すぎむら》のにやけ顔《がお》や、せりなの勝《か》ちほこった顔《かお》が、ちらちらと頭《あたま》をよぎって消《き》えない。

――鳴沢《なるさわ》さんだって、すてきな恋《こい》にあこがれるんだもんね。

うるさい。うるさいうるさいうるさい。

ひらいたままのノートのページに、涙《なみだ》がぽたぽた落《お》ちて、しみになってにじんでいく。

思《おも》いっきり息《いき》をすいこんで。ノートを。あたしの描《か》いたまんがを。やぶろうとして……。

できなかった。

あたしが描《か》いたヒロインが、まっすぐな目《め》であたしをみてた。

あたしが描《か》いた、まっすぐな目《め》。

ごめんね。完成《かんせい》させてあげられなくて。ごめんね。


どうでもよかった。いろんなことが、どうでもよかった。

あれからも、杉村《すぎむら》はしつこくからかってきて。あたし、正直《しょうじき》、すごくつかれていたんだ。

学校《がっこう》も休《やす》みたいぐらいだけど、そうしたら、メグがひとりになっちゃう。

休《やす》み時間《じかん》になって、メグがあたしの席《せき》にきた。

「ねえ、千歌《ちか》。まんがクラブの作品提出《さくひんていしゅつ》、どうする……？」

「なにもださないってわけにはいかないよね、やっぱり」

ため息《いき》しかでない。

「あたし、くやしいよ。なんで千歌《ちか》が、あそこまで言《い》われなきゃいけないわけ？」

メグは、じっと、せりなをにらんでいる。

せりなが気《き》づいた。メグはあわてて目《め》をそらす。

せりなは、まっすぐに、あたしたちのところへきた。

「鳴沢《なるさわ》さん。ちょっと、いい？」

あたしは、うなずいた。

連《つ》れだって、廊下《ろうか》にでる。

立《た》ち入《い》り禁止《きんし》の非常階段《ひじょうかいだん》のそばの、ひと気《け》のない場所《ばしょ》で、あたしたちはむかいあった。

「あたしのノート、目《め》につくところにおいたの、藤宮《ふじみや》さんたち……？」

できるだけ、冷静《れいせい》に。怒《おこ》ったり泣《な》いたりしないように、冷静《れいせい》に。聞《き》いた。

それでも、あたしの声《こえ》は、ふるえてしまう。

せりなは、わずかに目《め》をふせた。

「鳴沢《なるさわ》さんが悪《わる》いんだからね？　渚《なぎさ》くんに近《ちか》づいたりするから」

やっぱり、……せりなだったんだ。

「鳴沢《なるさわ》さんみたいな子《こ》に、渚《なぎさ》くんをとられたくない！」

せりなは涙《なみだ》をためて、あたしをにらみつけている。

鳴沢《なるさわ》さんみたいな子《こ》。

あたしみたいな子《こ》には、なにをしてもいいって、思《おも》ってるんだ。

チャイムが鳴《な》った。せりなは、ふいっと顔《かお》をそらし、走《はし》って教室《きょうしつ》にもどっていく。

あたしは。そのまま、動《うご》けなかった。


その日《ひ》の夜《よる》、渚《なぎさ》くんはクラブチームの練習《れんしゅう》にいって、家《いえ》にいなかった。

チームの練習《れんしゅう》がない日《ひ》もサッカーざんまい。

学校《がっこう》にのこるのは禁止《きんし》だから、かわりに近《ちか》くの公園《こうえん》にいって練習《れんしゅう》して、夕方《ゆうがた》、泥《どろ》だらけになって帰《かえ》ってくる。

そして、ごはんをがつがつ食《た》べて、さっさとお風呂《ふろ》に入《はい》って寝《ね》てしまう。

あたしは、あれ以来《いらい》、渚《なぎさ》くんとろくに会話《かいわ》してない。

「千歌《ちか》ちゃん。最近《さいきん》、元気《げんき》ないね」

無言《むごん》で、もそもそとごはんを食《た》べるあたしに、悠斗《ゆうと》くんがそっと話《はな》しかけた。

「渚《なぎさ》もようすがおかしいし。けんかでもしたの？」

「心配《しんぱい》してくれてありがとう。だけど、だいじょうぶだよ」

ごちそうさまでした、と、あたしは箸《はし》をおいた。

「もういいの？　具合《ぐあい》でも悪《わる》い？」

みちるさんが気《き》づかってくれたけど、あたしはただ、首《くび》を横《よこ》にふるだけ。

部屋《へや》にもどろうとしたあたしを、悠斗《ゆうと》くんが呼《よ》びとめた。

「ちょっと、話《はな》そう」

リビングの掃《は》きだし窓《まど》から、テラスにでた。紺色《こんいろ》の空《そら》には、まるい月《つき》がうかんでる。

パパはまだ仕事《しごと》。みちるさんは、車《くるま》で、渚《なぎさ》くんをむかえにいった。

涼《すず》しい風《かぜ》がふいて、前髪《まえがみ》をゆらす。

「なにかあったんでしょ？　渚《なぎさ》、最近《さいきん》、すごく機嫌悪《きげんわる》いんだよ」

「…………」

なにも言《い》えない。渚《なぎさ》くん、きっとあたしのこと、うじうじした弱虫《よわむし》だって思《おも》ってる。

あたしのこと、「鳴沢《なるさわ》なんて好《す》きなわけない」って言《い》ってたし。

思《おも》いだすと、胸《むね》がずきんと痛《いた》んだ。

悠斗《ゆうと》くんはつづける。

「あいつ、最初《さいしょ》は、再婚《さいこん》なんてじょうだんじゃない、って言《い》ってたのに。実際《じっさい》、いっしょに暮《く》らしはじめたら、すごく楽《たの》しそうで。なんだかんだで、よかったのかなって思《おも》ってたんだ」

「楽《たの》しそう？　渚《なぎさ》くんが？」

悠斗《ゆうと》くんはうなずいた。

「鳴沢《なるさわ》さんにも、心《こころ》を許《ゆる》しはじめてる。僕《ぼく》はね、正直《しょうじき》、まだ、無理《むり》だけど。もちろん、いい人《ひと》だなって思《おも》うけど。きっと、ずっと、お父《とう》さん、とは呼《よ》べない」

そう、……だよね。パパとも、いつもにこやかに接《せっ》してる悠斗《ゆうと》くんだけど。きっと、だれも傷《きず》つけたくないから、本当《ほんとう》の気持《きも》ちは、かくしているだけなんだ。

「わかるよ。だって悠斗《ゆうと》くんは、本当《ほんとう》のお父《とう》さんを、すごく大事《だいじ》に思《おも》ってるんだもんね」

お父《とう》さんと同《おな》じ病気《びょうき》とたたかっている人《ひと》たちを救《すく》いたくて。毎日《まいにち》、一生懸命勉強《いっしょうけんめいべんきょう》してる。

「それはね、渚《なぎさ》もだよ」

そのことばに、あたしは思《おも》わず悠斗《ゆうと》くんの顔《かお》をみあげた。

メガネの奥《おく》の目《め》が、どこか遠《とお》くをみつめている。

「父《とう》さんが亡《な》くなったとき、僕《ぼく》は小《しょう》1で、渚《なぎさ》はまだ5歳《さい》だった」

あたしのママがでていったのは、3歳《さい》のとき。

あたしはママのこと、ぜんぜん覚《おぼ》えてないけど、渚《なぎさ》くんはどうなのかな。

「父《とう》さん、サッカーがうまかったんだ。高校時代《こうこうじだい》、全国《ぜんこく》にいったこともあるんだよ」

「そうだったんだ。それで、渚《なぎさ》くん」

悠斗《ゆうと》くんは、ゆっくりとうなずいた。

「僕《ぼく》はひとりで本《ほん》を読《よ》むほうが好《す》きな子《こ》だったけど、渚《なぎさ》は活発《かっぱつ》で。よく父《とう》さんといっしょにボールを追《お》いかけてた。父《とう》さんが入院《にゅういん》する前《まえ》までは、だけど」

胸《むね》がつまって、なにも言葉《ことば》がでてこない。

いまはもういないお父《とう》さんとの、大切《たいせつ》な思《おも》い出《で》。

きっといまも、渚《なぎさ》くんの心《こころ》のまんなかにある、宝物《たからもの》なんだ。

「父《とう》さんはむかし、プロになりたかったけどあきらめたんだ。だから渚《なぎさ》は、自分《じぶん》がかわりに、って、思《おも》ってるんじゃないかな」

サッカーしてるときはさびしい気持《きも》ちを忘《わす》れるって言《い》ってた。

あんなに人気者《にんきもの》で、光《ひかり》をあびてる渚《なぎさ》くんも、あたしと同《おな》じだったんだって、思《おも》った。

だけどほんとは、もっと強《つよ》い気持《きも》ちにつき動《うご》かされていたんだね。

あたしはどうだろう。あたしにとっての、まんがは。

ただの現実逃避《げんじつとうひ》、それだけなのかな……。

「早《はや》く仲直《なかなお》りしなよ。千歌《ちか》ちゃんと渚《なぎさ》が笑《わら》ってないと、家《いえ》の中《なか》が暗《くら》くてしかたないよ。せっかく家族《かぞく》になったんだし。ね？」

悠斗《ゆうと》くんがにっこりとほほえんだ。

あたしは渚《なぎさ》くんの帰《かえ》りを、リビングで、ひとりで待《ま》った。もう9時半《じはん》になる。

今日《きょう》は遅《おそ》いな、どこかによってきてるのかな……。

ソファに寝《ね》ころがって、うとうと、うとうと。

「……歌《か》。千歌《ちか》。風邪《かぜ》ひくぞ？」

「あと5分《ふん》……。寝《ね》かせて……」

「起《お》きろよ。自分《じぶん》の部屋《へや》で寝《ね》ろ」

この声《こえ》。渚《なぎさ》くん！

「おまえ、ほんとにどこでも寝《ね》るやつだな」

「お、おかえりなさい」

目《め》の前《まえ》に渚《なぎさ》くんの顔《かお》がある。心臓《しんぞう》、バクバク。顔《かお》も熱《あつ》いよ。

ふわっと、シャンプーのいいにおいがする。もう、お風呂《ふろ》に入《はい》ったんだ。

あたし、いつのまに寝《ね》ちゃってたんだろう。渚《なぎさ》くんが帰《かえ》ってきたのも気《き》づかなかったよ。

「じゃ、おれ、部屋《へや》にもどるから」

「あ、あたしも」

階段《かいだん》をのぼる渚《なぎさ》くんのあとを追《お》いかける。

仲直《なかなお》り、って言《い》ったって。いったいなにを話《はな》せばいいんだろう。

「な、渚《なぎさ》くん」

あたしの部屋《へや》の前《まえ》で、とっさに、渚《なぎさ》くんの服《ふく》のすそを引《ひ》いた。

「あの、あたし」

「千歌《ちか》、まんが、もうやめるの？」

渚《なぎさ》くんは、あたしの目《め》をじっとみた。

真剣《しんけん》なまなざしから、おもわず目《め》をそらす。

「みかえしてやりたいって思《おも》わないの？　あんなふうに言《い》われて、くやしくないの？」

「くやしいよ！　でも」

渚《なぎさ》くんは、こわばったあたしの頭《あたま》に、手《て》のひらを、ぽんと乗《の》せた。

「おれ、つぎの日曜《にちよう》、また試合《しあい》なんだ。先発《せんぱつ》ででる」

「そうなんだ」

「この前《まえ》の試合《しあい》は、おれ、思《おも》うように動《うご》けなくて、空回《からまわ》りしちまってた。監督《かんとく》にも、動《うご》きがかたいって言《い》われたし。でも、同《おな》じ失敗《しっぱい》はくりかえさない。もう、逃《に》げない。だから」

渚《なぎさ》くんのことばは、そこで、いったんとぎれて。

顔《かお》をあげたあたしの目《め》を、まっすぐにみつめた。

「おれたちのチームが勝《か》ったら。千歌《ちか》、最後《さいご》までまんがを描《か》け」

「えっ」

そんなこと、いきなり言《い》われても。

「無理《むり》だよ」

「無理《むり》じゃないよ。おまえ、妹《いもうと》なんだから言《い》うこと聞《き》けよ」

「ちょっと、なんでそういうこと言《い》うの？　あんたのサッカーとあたしのまんが、ぜんぜん関係《かんけい》ないじゃん！」

「そうだけど。そう、だけど……っ」

渚《なぎさ》くんは、くちびるをかみしめた。

「やめるの、もったいねーよ。だって、千歌《ちか》は。まんがが、好《す》きなんだろ？」

——まんがが、好《す》き。

好《す》きだよ。好《す》き、だけど。でも、もう、あんな思《おも》いはしたくない。

渚《なぎさ》くんはなにも言《い》わず、自分《じぶん》の部屋《へや》にもどっていった。

11・がんばるあいつをみていたら

あんな強引《ごういん》な約束《やくそく》、守《まも》るつもりなんてない。なのに。

――まんがが、好《す》きなんだろ？

渚《なぎさ》くんのせりふが、ずっと耳《みみ》の奥《おく》にのこってる。

やぶり捨《す》てることもできずに、ただ、部屋《へや》にこもって、描《か》きかけのまんがノートを広《ひろ》げてぼんやりしていた。


そして、日曜日《にちようび》。渚《なぎさ》くんの試合《しあい》の日《ひ》。空《そら》には、灰色《はいいろ》の雲《くも》が広《ひろ》がっている。

キックオフは、10時《じ》。

今度《こんど》は、家族《かぞく》みんなで応援《おうえん》にいった。

対戦相手《たいせんあいて》は、プレスト高梨《たかなし》というチーム。少年《しょうねん》サッカーの県大会《けんたいかい》で、連覇《れんぱ》しつづけている名門《めいもん》チーム。これは、悠斗《ゆうと》くんからの情報《じょうほう》。

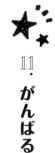

渚《なぎさ》くんはなにも言《い》ってなかったけど、U《アンダー》-11の県大会《けんたいかい》の、地区予選突破《ちくよせんとっぱ》がかかった、大事《だいじ》な試合《しあい》らしい。

ホイッスルが鳴《な》った。

桜川《さくらがわ》FC《エフシー》は、青《あお》いユニフォームに白《しろ》いハーフパンツ。

相手《あいて》チームのプレスト高梨《たかなし》は、赤《あか》いユニフォーム。

両《りょう》チーム、はげしく蹴《け》りあっているせいで、土《つち》ぼこりが舞《ま》っている。

あたしたち家族《かぞく》は、グラウンドのはしっこ、土手《どて》に近《ちか》いところで応援《おうえん》している。

一生懸命《いっしょうけんめい》、渚《なぎさ》くんを目《め》で追《お》う。

「うわあっ。あのひと、ほんとに5年生《ねんせい》？」

思《おも》わず、声《こえ》がもれた。

敵《てき》チーム、赤《あか》の7番《ばん》。背《せ》が高《たか》くてがっちりしてる。中《ちゅう》1の悠斗《ゆうと》くんより大《おお》きい。

7番《ばん》がシュートを放《はな》つ。ゴールポストに当《あ》たってはねかえされた。

「よかった、はずれた……」

胸《むね》をなでおろす。はじまったばかりでこれじゃ、心臓《しんぞう》、もたないよ。

すぐにボールは動《うご》きだした。桜川《さくらがわ》のパスがつながる。

右《みぎ》サイドに大《おお》きなパスがだされ、走《はし》ってきた渚《なぎさ》くんの足《あし》もとにすいついた。

「渚《なぎさ》くん。このまま、ゴールに」

祈《いの》るように、つぶやいていた。放《はな》たれるシュート、敵《てき》のディフェンスにはばまれる。

息《いき》をつくひまもない。

ゼロ対《たい》ゼロのまま、前半終了《ぜんはんしゅうりょう》。

「渚《なぎさ》、今日《きょう》はよく動《うご》いてる」

パパが言《い》った。

「この前《まえ》はどうだったの？」

渚《なぎさ》くんが負《ま》けて帰《かえ》ってきた日《ひ》、パパだけが観戦《かんせん》してた。

「たぶん、だけど。ケガした右足《みぎあし》をかばってる感《かん》じにみえたな」

「まだ治《なお》ってないの？」

まさか、痛《いた》むのに、がまんしてるってこと？　学校《がっこう》では、思《おも》いっきり運動《うんどう》してたのに。

みちるさんが、あたしに笑《わら》いかけた。

「心配《しんぱい》しないで、ちゃんと治療《ちりょう》した。だから足《あし》はもうだいじょうぶ。心《こころ》の問題《もんだい》よ。試合《しあい》になると思《おも》いだしちゃってたんじゃないかな。当《あ》たっていくのを、無意識《むいしき》のうちに、こわがってたのかもね」

ピッチをみつめて、みちるさんは目《め》を細《ほそ》めた。

「渚《なぎさ》、ふっきれたみたい。今日《きょう》は思《おも》いっきりプレーしてる」

後半《こうはん》、スタート。

はじまってすぐに、わあっと、歓声《かんせい》があがった。

桜川《さくらがわ》のゴールネットがゆれている。

うそ。あっという間《ま》に、シュート、決《き》められちゃった……。
決《き》めたのはむこうの7番《ばん》。あの、大《おお》きい人《ひと》。
渚《なぎさ》くんは……。大《おお》きな声《こえ》をだして、チームメイトをはげましている。
その目《め》は燃《も》えている。火《ひ》がついたって、こういうことを言《い》うんだ。
ぽつりと、ほおに、冷《つめ》たいものが落《お》ちた。
雨《あめ》だ。雨《あめ》がぱらぱらふりだして、ピッチをぬらしていく。
あたしたち家族《かぞく》も、応援《おうえん》している観客《かんきゃく》たちも、傘《かさ》をひらく。
何度《なんど》も渚《なぎさ》くんにボールがわたるけど、あの大《おお》きな7番《ばん》がじゃまをする。
競《せ》りあったときは、からだが小《ちい》さいほうが不利《ふり》だ。力《ちから》ではねかえされる。
あんな大《おお》きい子《こ》にぶつかられて倒《たお》されたら、また、ケガしちゃうよ。
あたしは、きゅっ、と、口《くち》を引《ひ》き結《むす》んだ。にぎりしめたこぶしに、力《ちから》をこめる。
逃《に》げない、って、言《い》ってた。渚《なぎさ》くん。
渚《なぎさ》くんは食《く》らいついていく。足《あし》を伸《の》ばして、7番《ばん》が転《ころ》がしていたボールをカットした。
「やった……！」
と思《おも》ったのは、一瞬《いっしゅん》。渚《なぎさ》くんは、7番《ばん》にユニフォームをつかまれ、倒《たお》れてしまった。

「あっ……！」

ホイッスルは鳴《な》らない。いまの、ファウルじゃないの⁉

転《ころ》がった渚《なぎさ》くんは、右《みぎ》のひざをおさえてる。とっさにかばったんだ。

ケガしたときのこと、思《おも》いだしたのかな。だけど。

渚《なぎさ》くんは立《た》ちあがって、くっと、顔《かお》をあげた。その目《め》は、ボールだけを追《お》っている。

青《あお》いユニフォームは泥《どろ》にまみれて、髪《かみ》も、雨《あめ》と汗《あせ》で、ぬれている。

あたしは、ぎゅっと、傘《かさ》の柄《え》をにぎりしめた。

ボールを追《お》って駆《か》け走《はし》る渚《なぎさ》くんをみつめる。

パスを受《う》けて、パスをだして。ふたたびボールを受《う》けてドリブル。

また、ゴールのチャンスがおとずれた。

「がんばれ、がんばれ」

シュート！

キーパーにはじかれる。

「もう1回《かい》！　渚《なぎさ》！」

悠斗《ゆうと》くんがさけんだ。

すばやく、はじかれたボールを捕《と》らえ、一瞬《いっしゅん》で狙《ねら》いを定《さだ》める。もう一度《いちど》、今度《こんど》こそ。

ゴールにむかって蹴《け》りこもうとした瞬間《しゅんかん》、すっと足《あし》が割《わ》って入《はい》って、カットされた。

「ああ……っ」

雨《あめ》はどんどんひどくなる。試合終了《しあいしゅうりょう》まで、あと、1分《ぷん》しかない。

「渚《なぎさ》くんっ！　渚《なぎさ》くんっ！」

あたしはさけんだ。のどがかれるぐらい、大《おお》きな声《こえ》で。

渚《なぎさ》くんは走《はし》る。1秒《びょう》でも、のこり時間《じかん》がある限《かぎ》り。あきらめない。

「がんばれっ！　がんばれー……っ！」

渚《なぎさ》くん。

ピ――――ッ！

ホイッスルが鳴《な》った。試合《しあい》、終了《しゅうりょう》。

渚《なぎさ》くんのチームは、1点《てん》も取《と》れなかった。

負《ま》けた、んだ。

渚《なぎさ》くんは、家《いえ》に着《つ》くなり、ふらふらと倒《たお》れこんでしまった。

熱《ねつ》をはかると、38度《ど》。

「小《ちい》さいころからね、あの子《こ》。遠足《えんそく》のあととか、運動会《うんどうかい》のあととか、よく熱《ねつ》をだしてたのよ」

みちるさんが、ため息《いき》をついた。

お昼《ひる》ごはんのあと、リビングで、それぞれゆっくりすごしている。

渚《なぎさ》くんは自分《じぶん》の部屋《へや》のベッドで寝《ね》ている。

「緊張《きんちょう》とか集中《しゅうちゅう》とか、興奮《こうふん》とか。そういうのがいっきにほどけて、力《ちから》がぬけちゃうのかもね」

ぐっすり寝《ね》かせてあげましょ、と、みちるさんは、お茶《ちゃ》をひと口《くち》飲《の》んだ。

あたしはずっと、渚《なぎさ》くんのことを考《かんが》えていた。

ピッチでの、渚《なぎさ》くんの燃《も》える目《め》。

倒《たお》されて、それでも起《お》きあがって前《まえ》をみつめた渚《なぎさ》くん。

胸《むね》のまんなかが、熱《あつ》い。

自分《じぶん》の部屋《へや》にもどって、まんがノートをひらいた。最後《さいご》のページ。

「勇気《ゆうき》をだして、気持《きも》ちを伝《つた》える。あなたが星《ほし》に帰《かえ》る前《まえ》に、好《す》きって、言《い》わなきゃ」

あたしのヒロイン、そう言《い》ってる。

最初《さいしょ》は、この子《こ》はあたしに似《に》てるって思《おも》ってた。

でも、ちがう。あたしよりだんぜん強《つよ》い。

あたしもがんばらなきゃ。

丸《まる》いしみになってのこった涙《なみだ》のあとを、そっと、指《ゆび》でなぞる。

雨《あめ》が窓《まど》ガラスをたたいている。

本棚《ほんだな》に、ずらりとならんだ、まんがたち。

ページをひらくと引《ひ》きこまれて、ひとりでパパを待《ま》つときの不安《ふあん》も、ママにおいていかれた痛《いた》みも、忘《わす》れさせてくれた。

あたしも。そういうまんがを、描《か》きたい。

あたしは、まんがが好《す》き。

12・胸《むね》にともった火《ひ》

夕方《ゆうがた》になって、1階《かい》におりた。あたしはキッチンで、おかゆをつくった。

「あら、千歌《ちか》ちゃん。ひょっとして、渚《なぎさ》に？」

みちるさんに聞《き》かれて、こくんとうなずく。

なぜかはずかしくて、顔《かお》が熱《あつ》くなってしまった。

「渚《なぎさ》はね、卵《たまご》入《い》りのが好《す》きなの。しあげにたっぷりねぎを散《ち》らす」

みちるさんがウインクした。あたしは急《いそ》いで、冷蔵庫《れいぞうこ》からねぎを取《と》りだした。

「ありがとう、みちるさん！」

みちるさんは、にっこりとほほえんだ。

あつあつのおかゆをおわんによそって、お茶《ちゃ》といっしょに2階《かい》へ運《はこ》ぶ。

渚《なぎさ》くんの部屋《へや》をノックする。

悠斗《ゆうと》くんは、渚《なぎさ》くんを休《やす》ませるために、リビングにいる。だからいま、渚《なぎさ》くんはひとり。

もう一度《いちど》、ノック。返事《へんじ》はない。ぐっすり寝《ね》ているのかな。

「入《はい》るよ？」

一応《いちおう》、ことわってから、ドアをあけた。どきどきする。

あたしの部屋《へや》はさんざん不法《ふほう》シンニュウされたけど、逆《ぎゃく》ははじめて。

ここは悠斗《ゆうと》くんの部屋《へや》でもあるから、遠慮《えんりょ》して近《ちか》づけなかったんだ。

部屋《へや》には学習机《がくしゅうづくえ》がふたつ。反対側《はんたいがわ》に、２段《だん》ベッド。

下《した》の段《だん》に、渚《なぎさ》くんは寝《ね》ていて、すうすうと寝息《ねいき》をたてていた。

あたしは、おかゆののったお盆《ぼん》を、そばのミニテーブルにおいた。

起《お》こしちゃ、悪《わる》いよね。

寝《ね》てる顔《かお》、はじめてみる。まつ毛《げ》、長《なが》いんだな。熱《ねつ》のせいで、ほおが赤《あか》い。

なんだか、胸《むね》が……。きゅうっとなる。

「うー……ん」

渚《なぎさ》くんがいきなり寝返《ねがえ》りをうった。どきんと心臓《しんぞう》がはねる。

渚《なぎさ》くん、毛布《もうふ》がはだけちゃったよ。肩《かた》がでてる。

かけ直《なお》してあげなきゃだよね？

しゃがみこんで、そっと近《ちか》づく。どきどき、どきどき。落《お》ち着《つ》け心臓《しんぞう》。

そろりと毛布《もうふ》をひっぱって、渚《なぎさ》くんの肩《かた》に――。

「……千歌《ちか》？」

「きゃあああっ」

いきなり渚《なぎさ》くんが目《め》をあけて、あたしを呼《よ》んだから。びっくりして飛《と》び退《の》いちゃった。

心臓《しんぞう》が爆発《ばくはつ》しそうだよ。

「頭《あたま》いてー……。耳《みみ》もとでさけぶなよ」

「ごっ、ごごごめんなさいっ」

渚《なぎさ》くんはだるそうに身《み》を起《お》こした。

「いいよ、寝《ね》てて」

「寝《ね》てられっかよ。なにしてんの、おまえ」

「お。おかゆ、を……」

「おれに？」

こくこくと、うなずく。まだ心臓《しんぞう》がしずまらない。深呼吸《しんこきゅう》、深呼吸《しんこきゅう》。

渚《なぎさ》くんは、のっそりとベッドからはいだした。

ミニテーブルの前《まえ》に座《すわ》って、おかゆのおわんを手《て》に取《と》る。

「そういえば腹《はら》へった。うまそう」

ふうふうと冷《さ》ましてから、おかゆを口《くち》にする。

「うま。……あ。ねぎ、切《き》れてない。つながってる」

れんげから、ネックレスみたいにつながったねぎが、びろーんとたれさがってる。

「ごめん……。あたし、へたくそで」

「えっ、千歌《ちか》がつくったの？」

申《もう》し訳《わけ》なくて肩《かた》をすくめた。渚《なぎさ》くんはそんなあたしを、まじまじとみつめた。

「えっと。その……。さんきゅ」

「う、うん……」

ものすごくはずかしいよ。

渚《なぎさ》くんは、だまっておかゆを食《た》べつづけて、あっという間《ま》にたいらげた。

「……千歌《ちか》。ごめんな」

しずかに、渚《なぎさ》くんがつぶやく。

「おれ。あんなにえらそうなこと言《い》ったのに、勝《か》てなかった。だせぇよな」

ぶんぶんと、首《くび》を横《よこ》にふる。

そんなことない。そんなこと、ぜんぜんない。

「千歌《ちか》が。せっかく、好《す》きなことがんばってたのに。やめちまうの、みてられなかった。だけどおれ、兄《にい》ちゃんみたいに、気《き》の利《き》いたことも言《い》えないし」

「渚《なぎさ》くん……」

「おれにできることって、サッカーだけだから」

ばっかみてーだよな、と、渚《なぎさ》くんは、くすりと笑《わら》った。

「あたし、ね。決《き》めたんだ」

正座《せいざ》したひざのうえにおいた手《て》を、きゅっとにぎりしめる。

「最後《さいご》まで、描《か》く」

「千歌《ちか》」

「渚《なぎさ》くんのおかげ。泥《どろ》だらけになっても、あきらめずにむかっていくところをみたら。その、

……」

そっと、胸《むね》に手《て》をあてた。

渚《なぎさ》くんの目《め》にともった光《ひかり》が、あたしの中《なか》の、なにかに火《ひ》をつけたの。

胸《むね》が熱《あつ》くて、熱《あつ》くて。それが、からだぜんぶに広《ひろ》がっていくの。

「あたしもがんばらなくちゃって、思《おも》えたんだ」

「いや、その。べつに……」

渚《なぎさ》くんはもごもごつぶやいて、グラスのお茶《ちゃ》を、いっきに飲《の》み干《ほ》した。

「おれも。つぎこそは勝《か》つ！」

「うん！　また応援《おうえん》にいくよ」

にっこり、笑《わら》う。渚《なぎさ》くんも、「おう」と言《い》って、あたしをみた。

目《め》が合《あ》う。

とたんに、かあっと顔《かお》が熱《あつ》くなって、思《おも》わず、そらしてしまった。
胸《むね》のどきどきがとまらないのは、どうしてだろう。
ひょっとして、あたし……。
まさか。まさか、ね。ぶんぶんと首《くび》を横《よこ》にふった。
「なーに、ひとりでおかしなリアクションしてんだよ。へんなやつ」
「へ、へんで悪《わる》かったねっ！」
むきになって言《い》いかえしたら、渚《なぎさ》くんは、くくくっと笑《わら》った。
渚《なぎさ》くん。ありがとう。心《こころ》の中《なか》でそっとつぶやく。
杉村《すぎむら》に笑《わら》われたこととか。せりなにばかにされたこととか。
いろんなイヤなことを、はじきかえせる気《き》がするよ。
おもしろいまんがを描《か》く。ただ、それだけ。
あの子《こ》たちも夢中《むちゅう》になっちゃうような、そんなまんがを。

その日《ひ》の夜《よる》から、さっそく、つづきにとりかかった。
あたしは夢中《むちゅう》でえんぴつを動《うご》かした。

クライマックスの、ヒロインの告白《こくはく》シーン。あたしの心臓《しんぞう》まで鳴《な》っているよ。
がんばれ、がんばれ。
「好《す》きです」
ついに、言《い》った。
彼《かれ》はやさしくほほえんで、ヒロインの手《て》をひく。
彼《かれ》は星《ほし》に帰《かえ》る。ヒロインを、いつかむかえにくる約束《やくそく》をして。
ラストシーン。ヒロインの、めいっぱいの笑顔《えがお》のアップを描《か》き終《お》えた瞬間《しゅんかん》。
あたしは、えんぴつをおいて、ぐったりと机《つくえ》に突《つ》っ伏《ぷ》した。
そのまま眠《ねむ》ってしまって、目《め》を覚《さ》ましたときには、夜《よ》が明《あ》けていた。
いつも中途半端《ちゅうとはんぱ》で投《な》げだしていた、ノートの下書《したが》き。
はじめて、最初《さいしょ》から最後《さいご》まで、描《か》ききることができたよ！

13・あいつと、けんか。

翌日《よくじつ》、帰宅《きたく》してから。学習机《がくしゅうづくえ》のうえに、まっしろい原稿用紙《げんこうようし》をおいた。

これからいよいよ、ノートの下書《したが》きを、原稿用紙《げんこうようし》に描《か》きこんでいく。

でも、キットのつけペンでまんが原稿《げんこう》を描《か》いたことは、まだない。

不安《ふあん》もあるけど、やるだけやってみよう。

まずは、えんぴつで下書《したが》きをしなきゃいけない。そして、ペン入《い》れ——つけペンで描《か》きこんでいく作業《さぎょう》。それから、トーン貼《は》ったりベタ塗《ぬ》りしたり、っていう流《なが》れ。

できあがったまんがノートをみながら、下書《したが》きをする。うう、緊張《きんちょう》する。

かちこち。かちこち。かちこち。

壁《かべ》かけ時計《どけい》の針《はり》の音《おと》だけがひびく。

かちこち。かちこち。かちこち………。

ドンドン、と、ドアがはげしくたたかれて、はっと顔《かお》をあげた。

さしこむ夕陽《ゆうひ》で、部屋中《へやじゅう》がオレンジに染《そ》まっている。

がちゃりと、ドアがあいた。

「千歌《ちか》、ごはん！」

渚《なぎさ》くんだ。立《た》ちあがったとたん、頭《あたま》がくらっとした。

「おい、千歌《ちか》！」

渚《なぎさ》くんがかけよってきて、はしっと、あたしの腕《うで》を取《と》った。

倒《たお》れるところだった、あぶない、あぶない。

「なにやってんだ。だいじょうぶかよ」

「だいじょうぶ。ずっと机《つくえ》にむかってたから、ふらついただけ」

「無理《むり》はすんなよ。ちゃんと食《く》ってちゃんと寝《ね》ろ。おれも、いつも監督《かんとく》に言《い》われてる」

「はーい……」

注意《ちゅうい》されちゃった。

あたし、夢中《むちゅう》になると、時間《じかん》が経《た》つのも、おなかがすいてるとか、トイレにいきたいとか、そういうのも、忘《わす》れちゃう。

無理《むり》してるつもりは、ないんだけどな。

つぎの日《ひ》の、昼休《ひるやす》み。教室《きょうしつ》で、メグが自分《じぶん》のイラストをみせてくれた。

「すごい！　上手《じょうず》！」

メグの大好《だいす》きな「星空《ほしぞら》イレブン」のイケメンキャラたち。

いきいきしてるし、色使《いろづか》いがとてもきれい。すごく、うまい。

「メグ、すごいよ。いっぱい練習《れんしゅう》したんだね」

「うん。千歌《ちか》がね、まんがをがんばってたから、あたしも一生懸命《いっしょうけんめい》やろうって思《おも》ったんだ。刺激《しげき》をもらったっていうかさ」

メグは、へへっ、と、てれくさそうに笑《わら》った。

その笑顔《えがお》に、胸《むね》の中《なか》があったかくなる。

「あたしも。じつは、また描《か》きはじめてる。いま、原稿用紙《げんこうようし》に下書《したが》きしてるところ」

「そうなんだ！　よかった！　最後《さいご》まで描《か》いてほしいなって思《おも》ってたんだ！」

メグは、メガネの奥《おく》の目《め》をかがやかせた。

「ありがとう、メグ」

「すっごく楽《たの》しみ。千歌《ちか》のまんが原稿《げんこう》、本格的《ほんかくてき》なんだろうなー」

「そ、そんなことないよっ」

本格的《ほんかくてき》だなんてとんでもない。あわてて否定《ひてい》した、そのとき。

「みまいにいこーぜ！」という、いせいのいい声《こえ》が耳《みみ》に飛《と》びこんできた。

渚《なぎさ》くんといつもつるんでいる男子《だんし》たちが盛《も》りあがっているんだ。

おみまいって、渚《なぎさ》くんの、だ。

きのうには熱《ねつ》はさがったんだけど、大事《だいじ》をとって、今日《きょう》もお休《やす》みしてるから。

会話《かいわ》のつづきに、こっそり耳《みみ》をそばだてる。

「渚《なぎさ》って引《ひ》っ越《こ》したんじゃなかったっけ？」

「そうそう、たしか夏休《なつやす》みに」

「新《あたら》しい家《いえ》、だれか知《し》ってる？」

やばい。やばい流《なが》れじゃん、これ。

「夏《なつ》に引《ひ》っ越《こ》し？　そういえば、千歌《ちか》の家《いえ》もだよね」

メグがつぶやいた。ぎくっ。

「高坂《こうさか》もだなんて、すごい偶然《ぐうぜん》……。あーっ、千歌《ちか》、まさか……」

まさか、なに……？　冷《ひ》や汗《あせ》が、たらり。

「高坂《こうさか》と、ご近所《きんじょ》さんになったんじゃないの？」

がくっ。

「そっかそっか、それで、高坂《こうさか》と仲《なか》よくなったんだ。千歌《ちか》のまんがのこと知《し》ってたり、へんだと思《おも》ってたんだよねー」

メグはひとりで盛《も》りあがっている。

「あ、あのね……」

どうしよう。メグにだけは、本当《ほんとう》のこと、教《おし》えたほうがいいのかな。

まよって、つづきのことばを探《さが》していると。

「ふうーん。ご近所《きんじょ》さんになったんだあーっ」

メグのうしろから、いきなり、にやけ顔《がお》がにゅっとあらわれた。

「す、杉村《すぎむら》！」

「ふうーん。ふたりとも、夏《なつ》に引《ひ》っ越《こ》し？　それで急接近《きゅうせっきん》？　ふうーん」

「ち、ちがうし！」

杉村《すぎむら》の声《こえ》は高《たか》くて、よくひびく。

教室《きょうしつ》のみんながあっという間《ま》にあたしたちに注目《ちゅうもく》した。

「とにかく！　ちがうから！　ぜんぶ、ぜんぶ、誤解《ごかい》だから！　高坂《こうさか》くんとはご近所《きんじょ》でもないし友《とも》だちでもありません！　以上《いじょう》！」

まさかあたしが、教室《きょうしつ》で、こんなに大《おお》きな声《こえ》をだすはめになるなんて。

杉村《すぎむら》も、メグも、びっくりして、目《め》をまるくしてる。

ごめんね、メグ。そのうちきっと、打《う》ち明《あ》けるね。


それからあたしは、毎日《まいにち》、こつこつと作業《さぎょう》を進《すす》め、ようやく下書《したが》きを終《お》わらせた。

順調《じゅんちょう》、だった。ペン入《い》れをはじめるまでは。

「あーっ！　もうっ！」

頭《あたま》をかきむしりたい気分《きぶん》。

どうすればいいんだろう。つけペンで描《か》くの、すごくむずかしいの。

えんぴつで描《か》くときの感覚《かんかく》と、ぜんぜんちがう。

力加減《ちからかげん》もわかんなくて、描《か》くのにとにかく時間《じかん》がかかる。

学習発表会《がくしゅうはっぴょうかい》まで、あと2週間《しゅうかん》。

毎日《まいにち》、夜更《よふ》かしして描《か》いてるけど、進《すす》まない。前《まえ》、無理《むり》するなって渚《なぎさ》くんに注意《ちゅうい》されたけど、しょうがないよ。だってまにあわないもん。

今日《きょう》も、学校《がっこう》から帰《かえ》るとすぐ、ダイニングテーブルで作業《さぎょう》をはじめた。

悠斗《ゆうと》くんはまだ学校《がっこう》。渚《なぎさ》くんは自分《じぶん》の部屋《へや》にいるから、あたしひとり。

テーブルは自分《じぶん》の机《つくえ》より大《おお》きいから、原稿《げんこう》を何枚《なんまい》も広《ひろ》げてインクを乾《かわ》かすことができる。

といっても、まったく、進《すす》んでないけど。

こんなはずじゃなかったのに。きちんとした道具《どうぐ》でちゃんとペン入《い》れしたら、プロみたいにきれいな原稿《げんこう》ができあがるはず……、って、思《おも》ってた。

メグだって、期待《きたい》してくれているのに。千歌《ちか》の原稿《げんこう》、本格的《ほんかくてき》なんだろうな、って。

どうしよう。そんなの、あたしには無理《むり》だよ。

思《おも》わず、頭《あたま》をかかえた。きのうもあんまり寝《ね》てないし、目《め》がしょぼしょぼする。

とんとん、と、階段《かいだん》をおりる足音《あしおと》が聞《き》こえてきた。渚《なぎさ》くんだ。

あたしはのっそりとからだを起《お》こした。なんだか、頭《あたま》がぼうっとする。

「おう、千歌《ちか》。がんばってんじゃん」

渚《なぎさ》くんは、テーブルに広《ひろ》げた原稿《げんこう》をのぞきこんだ。

「へえ……。すげーな。まんがって、こんなふうに描《か》くんだ」

「……すごくないし」

線《せん》はへろへろだし、背景《はいけい》が少《すく》なくてすかすかだし、はずかしい。

渚《なぎさ》くんは、好奇心《こうきしん》いっぱいって感《かん》じの目《め》で、描《か》きかけの原稿《げんこう》をみつめている。

「ごめん、時間《じかん》ないんだ。学習発表会《がくしゅうはっぴょうかい》までに、しあげなきゃいけないの」

「もうすぐじゃん。おれ、なにかてつだおうか？」

いいよ、と、首《くび》を横《よこ》にふった。

時間《じかん》はようしゃなくすぎていくのに。足《あし》ぶみしてばかりの自分《じぶん》が、じれったい。

頭《あたま》がにぶく痛《いた》んで、あたしは自分《じぶん》のこめかみをおさえた。

「あたし、もう、描《か》けないかも」

思《おも》わず、そんなことばが、ぽろりとこぼれでた。

「……なんで？　また、だれかになにか言《い》われたのか？」

「ぜんぜん、うまく描《か》けないんだもん。こんな下手《へた》なまんがを発表《はっぴょう》しても、恥《はじ》をかくだけだよ」

「うまくできないからって、やめんの？　そんなことで？」

「そんなこと、って」

「うまくできないからこそ、描《か》くのをやめたらダメなんじゃねーの？」

正論《せいろん》を、真正面《ましょうめん》からがつんとぶつけられてしまった。

なにも言《い》いかえせない。あたしはだまってむくれた。

わかってるよ、わかってる。だけど、それがしんどいんだもん。

「おれだって、イメージ通《どお》りにうまく動《うご》けなくて、じれったくてくやしいとき、あるけど。そういうときこそ、練習《れんしゅう》する。くりかえし練習《れんしゅう》する」

渚《なぎさ》くんは力強《ちからづよ》く言《い》いきった。

そのきらきらした瞳《ひとみ》から、あたしは目《め》をそらした。

ぐちぐち弱音《よわね》をはいている自分《じぶん》が、ひどくちっぽけにみえて。

はあーっと、あたしは、これみよがしにため息《いき》をついた。

「渚《なぎさ》くんはすごいね。あたしなんかとちがって、いつもまっすぐがんばってるもんね」

「なんだよ、その言《い》いかた。あたしなんか、って」

「どうせ、あたしなんてダメな子《こ》だもん。なんのとりえもないもん。かわいくもないし、明《あか》るくもないし、勉強《べんきょう》もぱっとしないし、運動《うんどう》はまるでダメだし」

唯一《ゆいいつ》がんばれるって思《おも》ったまんがですら、これだもん。

気持《きも》ちがどんどん、悪《わる》いほうへ引《ひ》っ張《ぱ》られていく。とまらない。坂道《さかみち》を転《ころ》がって、暗《くら》い穴《あな》の中《なか》にすいこまれてしまうみたいに。

「なんで、自分《じぶん》のこと、そんなふうに言《い》うんだよ？」

「え？」

「どうせ、とか、あたしなんか、とか。千歌《ちか》、いつもそうだろ」

ぐっと、奥歯《おくば》をかみしめた。だって、あたし、ほんとにいいとこないもん。だから、ママだって、あたしのこと、おいてっちゃったんだもん。

思《おも》わず、そんなことまで考《かんが》えてしまって、はっとした。

あたし。あたし……。自分《じぶん》のこと、そんなふうに思《おも》ってたんだ。

鼻《はな》の奥《おく》がつんとして、涙《なみだ》がにじんだ。あたし、もうダメだ。

と、はしっと、腕《うで》をつかまれて。あたしは思《おも》わず顔《かお》をあげた。

「自分《じぶん》で自分《じぶん》のこと、ダメだなんて言《い》うなよ。自分《じぶん》で、ダメだって決《き》めつけるなよ！」

「だってっ……！」

あたしは、思《おも》いきり、渚《なぎさ》くんの手《て》をふりはらった。

その拍子《ひょうし》に、あたしのひじが、原稿《げんこう》のそばにおいていたインクつぼに当《あ》たった。

「あっ……！」

インクつぼが、倒《たお》れた。とめる間《ま》もなかった。真《ま》っ黒《くろ》いインクが、どろりと流《なが》れだす。

すうっと、血《ち》の気《け》が引《ひ》いた。

「やだっ！　原稿《げんこう》が！　原稿《げんこう》が！」

広《ひろ》げていた原稿《げんこう》が、真《ま》っ黒《くろ》に染《そ》まっていく。

あたしの描《か》いた線《せん》。あたしが描《か》いたヒロイン。すべてが、醜《みにく》く汚《よご》れてしまった。

あたしの中《なか》で、かろうじて張《は》りつめていた最後《さいご》の糸《いと》が、ふつりと切《き》れた。

「ご、ごめんっ……！　と、とにかく、拭《ふ》かないと」

おろおろしている渚《なぎさ》くんに、あたしは力《ちから》なく言《い》い放《はな》った。

「……ムダだよ。もう、もとにもどらない」

毎晩《まいばん》、しんどい思《おも》いをして描《か》いたのに。

「渚《なぎさ》くんのせいだよ。渚《なぎさ》くんがじゃまするから。あたしの原稿《げんこう》、ダメになっちゃった」

「……千歌《ちか》。ごめん」

うなだれた渚《なぎさ》くんの、しぼりだすような声《こえ》。

本当《ほんとう》に、申《もう》し訳《わけ》なく思《おも》ってくれているのが、わかるのに。

「謝《あやま》られたって、どうにもなんないよ！」

それなのに、あたしはとまれない。

「渚《なぎさ》くんなんて、大《だい》っ嫌《きら》い！　もう、でてって！」

どなってしまったあとで、はっとした。

渚《なぎさ》くんは、ぼうぜんと立《た》ちすくんでいる。

目《め》が合《あ》う。その瞬間《しゅんかん》、ぱっとあたしから目《め》をそらして、くるりと、背《せ》をむけた。

「……わかったよ。でてくよ」

その声《こえ》をきいた瞬間《しゅんかん》、冷《つめ》たい水《みず》を頭《あたま》からかぶったみたいに、あたしはわれにかえった。

どうしよう。あたし、言《い》いすぎた。こんなこと言《い》うつもりじゃなかったのに。

頭《あたま》がかーっとなって、わけがわかんなくなって。気《き》づいたら……。

「あたし、あたし」

謝《あやま》らなきゃ。早《はや》く。

でも、口《くち》の中《なか》がからからで、のどの奥《おく》に声《こえ》がつっかえて、でてこない。

「渚《なぎさ》、く……」

渚《なぎさ》くんの背中《せなか》が、遠《とお》ざかる。

ぱたん、と、ドアがしまる音《おと》。ダイニングは、しん、と、静《しず》まりかえった。

あたし……。渚《なぎさ》くんに、ひどいことを言《い》ってしまった。

14・素《す》直《なお》になりたい

夕《ゆう》ごはんのときも、渚《なぎさ》くんはあたしと目《め》を合《あ》わせようとしない。
ただ、もくもくと食《た》べつづけているだけ。
パパもみちるさんも気《き》づいたみたいで、おたがい顔《かお》をみあわせて心配《しんぱい》そうにしている。
悠斗《ゆうと》くんも。探《さぐ》るような目《め》をあたしにむけたから、無言《むごん》で、首《くび》を横《よこ》にふってみせた。
「ごちそーさま」
渚《なぎさ》くんは、自分《じぶん》の食器《しょっき》を重《かさ》ねて立《た》ちあがり、流《なが》しに運《はこ》んだ。
あたしもあわててごちそうさまを言《い》って、あとを追《お》う。
「渚《なぎさ》くん……っ」
渚《なぎさ》くんはふりかえらず、だまって、蛇口《じゃぐち》をひねった。
ざあーっと、水《みず》が流《なが》れ落《お》ちる音《おと》。
渚《なぎさ》くんは、無言《むごん》で、食器《しょっき》をすすいで、洗《あら》い桶《おけ》に漬《つ》けていく。

その背中《せなか》が、あたしに、「話《はな》しかけるな」って言《い》っている。
あたしを拒《こば》んでいる。
あたしは、自分《じぶん》の食器《しょっき》を持《も》ったまま、立《た》ちすくむだけだった。

つぎの日《ひ》も。あたしたちは、ぎくしゃくしたまま。
渚《なぎさ》くんはあからさまにあたしをさける。
あたしは、どうしても勇気《ゆうき》がだせない。
何度《なんど》も渚《なぎさ》くんの部屋《へや》をノックしようとした。
でも、できなくて、力《ちから》なく、手《て》を引《ひ》っこめる。
そんなことのくりかえし。
まんがもぜんぜん描《か》けない。まっ白《しろ》い原稿《げんこう》を目《め》の前《まえ》に、ただ、ため息《いき》をつくだけ。
胸《むね》が苦《くる》しいの。大《おお》きな、重《おも》いカタマリがつかえているみたい。
学習発表会《がくしゅうはっぴょうかい》はせまっているのに。時間《じかん》がないのに。
そして、金曜日《きんようび》の朝《あさ》。
平日《へいじつ》はいつも、家族《かぞく》そろって朝食《ちょうしょく》をとるのに、渚《なぎさ》くんはいなかった。

「早《はや》くいってグラウンドでサッカーするんだって」

みちるさんは苦笑《くしょう》した。

したくを終《お》えて、玄関《げんかん》で靴《くつ》をはいていると、みちるさんが追《お》いかけてきた。

「千歌《ちか》ちゃん。今日《きょう》、午後《ごご》から雨《あめ》って予報《よほう》でてるから、傘《かさ》を持《も》っていきなさいね」

「うん」

「渚《なぎさ》は忘《わす》れていったから。これ、わたしておいてくれない？」

紺色《こんいろ》の折《お》り畳《たた》み傘《がさ》。うなずいて、受《う》けとった。


教室《きょうしつ》の窓《まど》からみえる空《そら》は、どんよりと重《おも》い。ときどき、湿《しめ》った風《かぜ》がふきこむ。

冷《つめ》たい秋《あき》の雨《あめ》に打《う》たれたら、きっと風邪《かぜ》をひいてしまう。

休《やす》み時間《じかん》のたびに、わたすチャンスを探《さが》していたけど、渚《なぎさ》くんのそばには、いつもだれかいる。

昼休《ひるやす》みには、とうとう雨《あめ》がふりだしてしまった。

このさい、渚《なぎさ》くんの靴箱《くつばこ》に、傘《かさ》を入《い》れておこうか。

――ダメだよ、それじゃ。

頭《あたま》の中《なか》にいる、もうひとりのあたしが、あたしの背中《せなか》をたたく。

きっとこれはチャンスだ。もう一度《いちど》、渚《なぎさ》くんに話《はな》しかける、きっかけになる。
傘《かさ》をてわたして、そのまま、「この前《まえ》はごめんね」って言《い》うんだ。
勇気《ゆうき》をださなきゃ。
6時間目《じかんめ》が終《お》わった。雨《あめ》はどんどんはげしくなる。
教室《きょうしつ》の窓《まど》ガラスを、たくさんのしずくがつたって、ぶつかりあいながら流《なが》れていく。
帰《かえ》りの会《かい》のあと、みんながやがやと教室《きょうしつ》をでていく。渚《なぎさ》くんも。
あたしは渚《なぎさ》くんの背中《せなか》を追《お》った。
紺色《こんいろ》の傘《かさ》をにぎりしめて、階段《かいだん》をおりる。渚《なぎさ》くん、足《あし》、速《はや》いよ。
渚《なぎさ》くんは、昇降口《しょうこうぐち》で、ひとり、ふりしきる雨《あめ》をみつめていた。
わたすならいましかない。でも。
足《あし》が動《うご》かない。声《こえ》がでない。もしも、また、拒《こば》まれたら――。
そのとき。
「渚《なぎさ》くんっ！」
かん高《だか》い、甘《あま》ったるい女《おんな》の子《こ》の声《こえ》がした。せりな！
あたしはとっさに、奥《おく》の靴箱《くつばこ》のかげに身《み》をかくした。

せりなと、せりなといつもいっしょにいる野村《のむら》ユカさんが、渚《なぎさ》くんに話《はな》しかけている。

どきどきする胸《むね》をおさえて、息《いき》をひそめて、耳《みみ》をそばだてた。

「渚《なぎさ》くん、ひょっとして、傘《かさ》、忘《わす》れたの？」

「まーな」

「あたしの傘《かさ》に入《はい》ってく？」

「ありがたいけど、エンリョしとく。走《はし》って帰《かえ》るよ」

「そんなのダメ！　風邪《かぜ》ひいちゃうよ！」

せりなの声《こえ》が大《おお》きくひびく。

せりなが、自分《じぶん》の傘《かさ》を、渚《なぎさ》くんに押《お》しつけている。

「あたしの使《つか》って」

「ダメだって、それじゃ、藤宮《ふじみや》がぬれるだろ？」

「あたしはユカに入《い》れてもらって帰《かえ》るから、だいじょうぶ」

「でも」

遠慮《えんりょ》して傘《かさ》を返《かえ》そうとした渚《なぎさ》くんをふり切《き》って、せりなは軽《かろ》やかに走《はし》っていく。

「じゃーねっ！」

はじけるような笑顔《えがお》。野村《のむら》さんが、ぱんっ、と傘《かさ》をひらく。
そのまま、せりなたちは、ひとつの傘《かさ》の中《なか》で身《み》をよせあうようにして、帰《かえ》っていった。
………せりな。渚《なぎさ》くんのために、自分《じぶん》の傘《かさ》を……。
渚《なぎさ》くんは、しばらく立《た》ちすくんでいたけれど。
意《い》を決《けっ》したように、せりなの傘《かさ》をひらいて、歩《ある》きだした。
赤地《あかじ》に白《しろ》の、ポップな水玉《みずたま》もようの傘《かさ》。
渚《なぎさ》くんの傘《かさ》は、ここにあるのに。
あたしは、わたせなかった紺色《こんいろ》の折《お》り畳《たた》み傘《がさ》を抱《だ》きしめた。
——藤宮《ふじみや》さんって、1年生《ねんせい》のころから高坂渚《こうさかなぎさ》ひとすじらしいよ。
いつかの、メグのせりふが耳《みみ》の奥《おく》によみがえる。
ほんとに、好《す》きなんだ。
せりながあたしにしたことは、もちろん許《ゆる》せないし、許《ゆる》すつもりもない。
だけど……。
学校《がっこう》をでて、とぼとぼと歩《ある》きだす。
あたしの空色《そらいろ》の傘《かさ》に、雨《あめ》が当《あ》たってばらばらと音《おと》をたてる。

あたしはどうして、あんなふうに、渚《なぎさ》くんにやさしくできないんだろう。

あたし、自分《じぶん》のことしかみえてなくて。勝手《かって》だった。

うまく描《か》けないいらいらを、ぜんぶ、渚《なぎさ》くんにぶつけた。渚《なぎさ》くんに、痛《いた》いところをつかれて、なにも言《い》えなくて、やつあたりした。

渚《なぎさ》くんはいつだって、あたしのまんがのこと、応援《おうえん》してくれてたのに。

むかつくことばかり言《い》ってくるのに、あたしががんばっていることは、絶対《ぜったい》にばかにしない。

それどころか、あたしをばかにした杉村《すぎむら》に、歯《は》むかってくれた。

サッカーをがんばるすがたを、みせてくれた。

あたし。何度《なんど》も、渚《なぎさ》くんにはげまされた。

なのにあたしは、あのとき、なんて言《い》った？

大嫌《だいきら》い、って。もうでてって、って。そう言《い》ったんだよ。

ぎゅっと、傘《かさ》の柄《え》をにぎりしめる。

あたし、なんてバカだったんだろう。

傷《きず》ついて、あきらめようとしていたあたしに、前《まえ》に進《すす》む勇気《ゆうき》をくれたのは、渚《なぎさ》くんなのに。

本当《ほんとう》は、すごくやさしい男《おとこ》の子《こ》。笑顔《えがお》を思《おも》いだすと、胸《むね》がくるしくなる。

もう、ごまかせない。自分《じぶん》の気持《きも》ち。気《き》づかないふりなんて、できない。
好《す》き。あたしは渚《なぎさ》くんのことが好《す》き。
ちゃんと、「ごめんね」って、つたえたい。素直《すなお》になりたい。
あたしは、かけだした。

15・雨《あめ》あがりの空《そら》

ふりしきる雨《あめ》の中《なか》を、あたしは走《はし》った。

水《みず》たまりをふんで、しぶきがはねて足《あし》をぬらす。

傘《かさ》が上下《じょうげ》にはげしくゆれて、髪《かみ》も、肩《かた》も、ぬれていく。

かまわない。早《はや》く渚《なぎさ》くんをつかまえたい。

走《はし》っても走《はし》っても、渚《なぎさ》くんのすがたはみえない。

渚《なぎさ》くん、脚《あし》も長《なが》いし、歩《ある》くのも速《はや》いから、ずいぶん先《さき》にいるのかもしれない。

だけど、いま、つたえなきゃ。


「あっ」

歩道《ほどう》の先《さき》、水玉《みずたま》の傘《かさ》をみつけた。渚《なぎさ》くんは、立《た》ちどまって信号待《しんごうま》ちをしている。

靴《くつ》の中《なか》に水《みず》が入《はい》って重《おも》い。息《いき》もあがって苦《くる》しい。だけど、必死《ひっし》で走《はし》った。

もうすぐ追《お》いつく。

「なぎさく……」

歩行者信号《ほこうしゃしんごう》が青《あお》に変《か》わった。渚《なぎさ》くんが足《あし》をふみだす。

「なぎさ、くんっ！」

あたしはさけんだ。これまで生《い》きてきた中《なか》で、たぶん、いちばん大《おお》きな声《こえ》。

赤《あか》い傘《かさ》がびくっとはねる。渚《なぎさ》くんは歩《あゆ》みをとめて、ふりかえった。

だけど。目《め》が合《あ》ったつぎの瞬間《しゅんかん》、渚《なぎさ》くんは、かけだした。走《はし》って、横断歩道《おうだんほどう》をわたっていく。

逃《に》げないで。お願《ねが》い。

追《お》いかける。渚《なぎさ》くんのうしろすがたを。

信号《しんごう》が点滅《てんめつ》しはじめた。あたしはなんとかわたりきった……けど。

「きゃあああっ」

歩道《ほどう》のくぼみに足《あし》をとられて、派手《はで》に転《ころ》んでしまった。

空色《そらいろ》の傘《かさ》が転《ころ》がる。ぬれた歩道《ほどう》に、カエルみたいにびたーんと倒《たお》れて、痛《いた》い。

痛《いた》いし……情《なさ》けない。

身《み》を起《お》こして、その場《ば》にへたりこんだ。洋服《ようふく》も、どろどろ。

ショートパンツからのぞいたひざは、すりきれて血《ち》がにじんでいる。

「千歌《ちか》」

声《こえ》が降《ふ》ってきて、顔《かお》をあげた。

「なにやってんだよ。だいじょうぶか？」

「渚《なぎさ》、くん」

もどってきてくれたんだ。

「なに、泣《な》いてんだよ。そんなに痛《いた》かったか？」

「ち、ちがっ」

泣《な》いてないもん。泣《な》いてなんか……。ただ、胸《むね》が、いっぱいで。

渚《なぎさ》くんはあたしの傘《かさ》をひろって、しゃがみこんで、差《さ》しかけてくれた。

「渚《なぎさ》くん。……ごめんね」

勝手《かって》にせりあがってくる涙《なみだ》を、必死《ひっし》でこらえた。

「ごめんね。ずっと謝《あやま》りたかった」

「うん。……わかったから。立《た》てよ」

「……ん」

「痛《いた》い？　足《あし》、ひねった？」

「だいじょうぶ」

ほら、と、渚《なぎさ》くんはあたしに手《て》を差《さ》しだした。そっと、自分《じぶん》の手《て》を重《かさ》ねる。

ぐいっと、引《ひ》っぱりあげられる。立《た》ちあがった瞬間《しゅんかん》に、手《て》は離《はな》れた。

胸《むね》がどきどきして、ふれていた手《て》が、なんだか熱《あつ》くて。その熱《ねつ》が、からだじゅうに広《ひろ》がっていく。あたし、こんなにずぶぬれなのに、ちっとも寒《さむ》くない。

それぞれ、傘《かさ》をさして、ふたりならんで歩《ある》く。

つぎの角《かど》を曲《ま》がれば、もう、あたしたちの家《いえ》がみえる。

ふいに、渚《なぎさ》くんが言《い》った。

「おれも、無視《むし》して悪《わる》かった。かっとなって」

ううん、と、首《くび》を横《よこ》にふる。

「あたしが悪《わる》いんだもん。怒《おこ》って当然《とうぜん》だよ」

「怒《おこ》ったっていうか……。ショックで」

渚《なぎさ》くんは、しずかにつぶやいた。

「正直《しょうじき》、最初《さいしょ》は、なんで同級生《どうきゅうせい》が妹《いもうと》になるんだよって思《おも》ってて。いらいらして、勝手《かって》にすねてた。

でも、千歌《ちか》が、まんがをがんばっていることを知《し》ってから、なんか、その、仲間《なかま》みたいに思《おも》うようになってたんだ。だから」

渚《なぎさ》くんはそこでことばを切《き》って、少《すこ》し、うつむいた。

「嫌《きら》いって言《い》われて、思《おも》ったより、こたえた」

「嫌《きら》いなんかじゃないよ！」

渚《なぎさ》くんは、歩《ほ》をとめて、あたしの顔《かお》をみた。

「嫌《きら》いなわけ、ないじゃん……」

胸《むね》が痛《いた》い。ふりしぼるように、つげた。

「あたし、ね。ずっと自分《じぶん》に自信《じしん》がなかった。好《す》きなことも、胸《むね》を張《は》って、好《す》きだって言《い》えない」

「……うん」

「あのとき、渚《なぎさ》くんに言《い》いあてられて、すごく痛《いた》かったの」

ここが、と、自分《じぶん》の胸《むね》に手《て》をあてた。

「自分《じぶん》ひとりで、あせって、いらいらして。図星《ずぼし》つかれて、やつあたり。ほんとに、ダメな子《こ》だよね、あたし……」

「ダメなんかじゃない」

きっぱりと、言《い》いきる声《こえ》。

あたしの目《め》をまっすぐにみつめる、渚《なぎさ》くんの瞳《ひとみ》。

「千歌《ちか》は、ダメなやつじゃない。いっしょに暮《く》らしはじめて、わかった。ま、パジャマはださいし、すぐ引《ひ》きこもるし、超《ちょう》こわがりだし。しょうがないやつだなーとは、思《おも》うけど？」

にかっと、渚《なぎさ》くんは笑《わら》った。

その笑顔《えがお》がまぶしくて。胸《むね》が、きゅうっと、苦《くる》しくなって……。

「……は」

「千歌《ちか》？」

「は、は、はっくしょん！」

あたしの口《くち》から、派手《はで》なくしゃみが飛《と》びだした。な、なんでこんなタイミングで！

渚《なぎさ》くんは、眉《まゆ》をよせて顔《かお》をくもらせた。

「やばい。このままじゃ風邪《かぜ》ひくぞ。家《いえ》に帰《かえ》って、すぐに風呂《ふろ》に入《はい》ったほうがいい」

「う、うん」

「熱《ねつ》だしてる場合《ばあい》じゃないもんな。だって、学習発表会《がくしゅうはっぴょうかい》までに、まんがをしあげるんだろ？」

まんがを。しあげる。

ゆっくりと、大《おお》きく、うなずいた。

あたし。最後《さいご》まで、がんばる。自分《じぶん》で描《か》くって決《き》めたんだもん。

あたしにだって、きっと、できる。


その日《ひ》の夜《よる》から、ふたたびあたしは、まんがにとりかかった。

下手《へた》でもいい。いまの自分《じぶん》の精《せい》いっぱいを、ぶつける。

土曜日《どようび》も、一日中《いちにちじゅう》、描《か》きつづけた。

空《そら》はまだ重《おも》く、細《ほそ》い針《はり》のような雨《あめ》が、くすぶるようにふりつづいている。
そして、日曜日《にちようび》。
あたし、いままで以上《いじょう》に、集中《しゅうちゅう》している。ひたすらに、描《か》いて描《か》いて描《か》きまくる。
いよいよ、クライマックス。あたしのヒロインが、勇気《ゆうき》をだして告白《こくはく》する場面《ばめん》。
好《す》きです、だなんて。言《い》うの、きっと、すごくどきどきするよね。こわいよね。
いま、あたしは、だれよりもヒロインの気持《きも》ちがわかる。
だから、殻《から》をやぶって気持《きも》ちをつげたヒロインを、大切《たいせつ》に、ていねいに描《か》きたい。
「…………でき、た」
ラストのページ。まぶしいほどの、ヒロインの笑顔《えがお》。
カーテンをあける。
いつのまにか、雨《あめ》はやんでいた。
明《あか》るい太陽《たいよう》の光《ひかり》が、雲《くも》の切《き》れ目《め》から、街《まち》を照《て》らすようにふり注《そそ》いでいる。
あたしは、できあがった原稿《げんこう》を重《かさ》ねて、胸《むね》に抱《だ》いて、階段《かいだん》をかけおりた。
渚《なぎさ》くんを探《さが》す。いない。どこにいったんだろう。
靴《くつ》をはいて外《そと》にでた。

暗《くら》い雲《くも》はどんどん流《なが》れさって、まばゆい青空《あおぞら》が広《ひろ》がっていく。

水《みず》たまりが、鏡《かがみ》みたいに空《そら》の青《あお》をうつして光《ひか》っている。

道沿《みちぞ》いの植《う》えこみも。近《ちか》くの家《いえ》の庭《にわ》の木《き》も。アスファルトのすきまから伸《の》びた草《くさ》も。

こまかい雨《あめ》のつぶをまとって、光《ひかり》をあびてきらきらかがやいている。

道《みち》の先《さき》。コンビニの袋《ふくろ》をぶらさげた渚《なぎさ》くんが、角《かど》を曲《ま》がって歩《ある》いてくるのがみえた。

「渚《なぎさ》くーんっ！」

思《おも》いっきり、手《て》をふった。

「できたよーっ！」

いちばんに、みせたい。読《よ》んでほしい。

渚《なぎさ》くんは、ぱあっと、笑顔《えがお》になって。そして、まっすぐに走《はし》ってきた。

「千歌《ちか》！　やったな！」

「うんっ！」

やったよ。最後《さいご》までやりきったよ、あたし。

16・となりにいたいよ

そして、いよいよ、学習発表会《がくしゅうはっぴょうかい》の日《ひ》。

あたしのまんがは、本《ほん》のかたちになった。原稿《げんこう》を先生《せんせい》に印刷《いんさつ》してもらって、まんが・イラストクラブのみんなといっしょに、冊子《さっし》にまとめたんだ。表紙《ひょうし》もつけたよ。

メグも、おもしろいって言《い》ってくれた。

前日《ぜんじつ》に、1階《かい》ホールに、クラブのみんなの作品《さくひん》といっしょに、展示《てんじ》した。図書室《としょしつ》には、3部《ぶ》、おかせてもらっていた。

1年《ねん》に1度《ど》の、おまつり。

クラスの合奏《がっそう》もがんばらなきゃ。ほかのクラスの発表《はっぴょう》をみるのだって、楽《たの》しみ。

だけど、今年《ことし》はやっぱり特別《とくべつ》。あたしの心臓《しんぞう》、ずっと、小鳥《ことり》みたいにせわしく、とくとく鳴《な》ってる。

朝《あさ》の会《かい》のとき。

思《おも》いきって、あたしは、はいっ、と、手《て》をあげた。

「あ。はい、鳴沢《なるさわ》さん」

がたんと、立《た》ちあがる。クラスメイトが、いっせいにあたしに注目《ちゅうもく》する。

授業中《じゅぎょうちゅう》だってめったに発言《はつげん》しないあたしが、いきなり手《て》をあげるなんて。みんな、おどろくよね。

杉村《すぎむら》も、せりなも、あたしをみている。

どきどきして、手《て》のひらに汗《あせ》がにじんだ。

すうっと、息《いき》をすいこむ。だいじょうぶ、自信持《じしんも》って、あたし。

「あの、あたし。まんが・イラストクラブに入《はい》ってます。クラブのメンバーの作品《さくひん》を、今日《きょう》、1階《かい》ホールに展示《てんじ》しています」

顔《かお》が熱《あつ》い。渚《なぎさ》くんをちらっとみた。

口《くち》パクで、が、ん、ば、れ。

あたしは小《ちい》さくうなずくと、教室中《きょうしつじゅう》のみんなの顔《かお》を、ゆっくりとみわたした。

つたえなくちゃ。

「あたしの描《か》いたまんがも、展示《てんじ》します。図書室《としょしつ》にも、おかせてもらってます。もし、興味《きょうみ》があれば。ぜひ、よ、読《よ》んでください！」

ぺこんと、頭《あたま》をさげる。やばい。すっごく大《おお》きな声《こえ》になっちゃった。

ざわっと、空気《くうき》がゆれたのがわかる。

「それって、あの、オトメチックまんがぁー？」

杉村《すぎむら》が茶化《ちゃか》した。男子《だんし》たちが、どっと笑《わら》う。

「そうだよ」

あたしは顔《かお》をあげた。杉村《すぎむら》のにやけ顔《がお》をまっすぐにみつめる。

「杉村《すぎむら》くんも読《よ》んでくれた、あの、オトメチックまんがだよ。無事《ぶじ》、完結《かんけつ》したので。どうぞ、読《よ》んでください」

もう一度《いちど》、頭《あたま》をさげた。

ふたたび顔《かお》をあげたとき。もう、あたしのことを笑《わら》っている人《ひと》は、いなかった。

そして。

「千歌《ちか》ちゃん！　すごくおもしろかったよ！」

「ときめいちゃった！」

「鳴沢《なるさわ》、みなおした。本格的《ほんかくてき》なまんがの原稿《げんこう》だったから、びっくりしたよ」

無事《ぶじ》、学習発表会《がくしゅうはっぴょうかい》の全《ぜん》プログラムが終《お》わったあと。

掃除《そうじ》もすんで、帰《かえ》りじたくをしていたときだった。

あたしは、みんなにとりかこまれた。

「あたしも来年《らいねん》はまんがクラブに入《はい》ろうかな。自分《じぶん》でも描《か》いてみたい」

「ねえねえ、ぜんぶしあげるのに、どれぐらい時間《じかん》かかったの？」

もみくちゃにされそうないきおい。ふわふわする。くすぐったいよ。

杉村《すぎむら》は、離《はな》れたところから、そんなあたしを、じーっとにらんでる。

せりな、は。グループの仲間《なかま》にかこまれて、ひそひそ、なにか言《い》いあってる。

あたしはまっすぐに、せりなたちの席《せき》にむかった。

「ちょっと、やばいって、千歌《ちか》」

メグがあたしの袖《そで》を引《ひ》いてとめようとするけど、あたしは進《すす》む。

「藤宮《ふじみや》さん」

「な。なに？」

「図書室《としょしつ》には、ずっとおかせてもらえることになってるから。いつでもいいから、読《よ》んで感想《かんそう》聞《き》かせてね」

にっこりと、笑《わら》ってみせた。

「……ったよ」

ぽつりと、せりながつぶやいた。声《こえ》が小《ちい》さくて聞《き》こえない。

え？　と、首《くび》をかたむけると。

「悪《わる》くなかったよって、言《い》ってんの！」

せりなはどなった。顔《かお》が赤《あか》い。

「あ。読《よ》んでくれてたんだ……」

ふんっと、せりなは横《よこ》をむく。

「ちなみに、どういうところがよかった？」

おそるおそる、聞《き》いてみた。

せりなは、「はあーっ？」と顔《かお》をしかめると、長《なが》い髪《かみ》を手《て》ではらった。

「べっつに、よかったなんてひとことも言《い》ってないけど。ま、しいて言《い》うなら、お別《わか》れの日《ひ》の前《まえ》の、ふたりで星空散歩《ほしぞらさんぽ》するシーン？　ロマンチックで切《せつ》なくって……」

うっとりと、目《め》をうるませている。せりなは、はっとわれにかえって、あたしをにらんだ。

「な、泣《な》いたりなんか、してないんだからねっ？　鳴沢《なるさわ》さんの描《か》いた話《はなし》なんかで、このあたしがっ！　くれぐれもかんちがいしないでよね！」

せりなは、ぷりぷりと怒《おこ》りながら、教室《きょうしつ》をでていった。

「……ふ」

ほおがゆるむ。

「ふ、ふ。ふふふふふっ」

笑《わら》い声《ごえ》が、勝手《かって》にこぼれてしまう。

やった。やったあっ！

こころがはずんで、からだもうきうきと軽《かる》くて。

あたしはその日《ひ》、走《はし》って帰《かえ》った。ランドセルをぱたぱたゆらして、走《はし》って帰《かえ》った。

街路樹《がいろじゅ》のけやきが、赤茶《あかちゃ》けた葉《は》を散《ち》らしている。

その根《ね》もとに植《う》えられたコスモスたちは、ピンク色《いろ》のきれいな花《はな》を咲《さ》かせている。

「千歌《ちか》──っ！」

この、声《こえ》は。

前《まえ》にかけだそうとする足《あし》を、ぴたっととめて、あたしはふりかえる。

渚《なぎさ》くん。渚《なぎさ》くんが、走《はし》ってきた。

「千歌《ちか》」

あたしの横《よこ》にならんだ渚《なぎさ》くんの、息《いき》ははずんで、肩《かた》もゆれている。

「やったなっ！」

あたしの頭《あたま》に手《て》をのせて、ぐしゃぐしゃに掻《か》きまわしたの。

「もう、やめてっ！」

ぶーっと、ほっぺをふくらませて、渚《なぎさ》くんをにらむ。渚《なぎさ》くんは笑《わら》ってる。

やわらかい風《かぜ》がふいた。さやさやと、コスモスがゆれている。

渚《なぎさ》くんは、ふいに、あたしから目《め》をそらした。

「あの、さ」

「うん」

「千歌《ちか》、このあいだ、謝《あやま》ってくれたじゃん。でも、よく考《かんが》えたら、おれもおまえに、ひどいこと言《い》っていた」

「なに……？」

「えっと。前《まえ》、鳴沢《なるさわ》なんか好《す》きなわけない、って、言《い》ってしまったこと」

杉村《すぎむら》にまんがノートをからかわれたとき、だ。思《おも》いだすと、胸《むね》がつきんと痛《いた》んだ。

「みんなの前《まえ》で、その。鳴沢《なるさわ》なんか、とか……。悪《わる》かった。からかわれて、かっとして、いきおいで口《くち》がすべっただけなんだ」

「う、うん」

たしかに、渚《なぎさ》くんにそう言《い》われたときは、ショックだったけど。

でも、本当《ほんとう》の気持《きも》ちは、ちがうんだよね。

千歌《ちか》は、ダメなんかじゃないって、言《い》ってくれたこと。星《ほし》みたいに、宝石《ほうせき》みたいに、きらきらと、胸《むね》の中《なか》で光《ひか》ってる。

あたしだって、できる。

たとえ、あたしのことを指《ゆび》さして笑《わら》う人《ひと》がいても。

うまくいかないもどかしさに、涙《なみだ》がでそうになっても。

好《す》きなことを、好《す》きって言《い》いたい。まっすぐに、がんばりつづけたい。

そんな気持《きも》ちになれたのは、すぐそばに、渚《なぎさ》くんがいたからだよ。

「あのね」

すうっと空気《くうき》をすいこんで、渚《なぎさ》くんの目《め》を、まっすぐに、みつめる。

「ありがとう」

にっこりと、笑《わら》った。

「えっ？　な、なんで？」

渚《なぎさ》くんは、きょとんと目《め》をまるくした。

「おれ、お礼言《れいい》われるようなこと、したっけ」

「わかんないなら、いいよ。べつに」

きゅうにはずかしくなって、ふいっとそっぽをむいた。ら。

「あっ！　うちの学校《がっこう》の子《こ》たち！」

ランドセルの集団《しゅうだん》が、歩道《ほどう》を歩《ある》いてくるのがみえた。

やばい！　いっしょにいるの、みられちゃう！

あわてふためいて、わきの細道《ほそみち》にかけこんで、植《う》えこみのかげにしゃがみこんだ。

ぶーっと、ふきだす声《こえ》。渚《なぎさ》くんが、おなかをかかえて笑《わら》ってる。

「そんなにあせることないだろ？　ちがう学年《がくねん》のやつらだったし。ほんっと、笑《わら》えるよな、おまえって」

渚《なぎさ》くんは、手《て》をのばして、あたしの頭《あたま》のうえに乗《の》った葉《は》っぱを、つまんで取《と》った。

「タヌキかよ」

「ひどい！」

「呼《よ》びかた。パンダとタヌキ、どっちがいい？」

「どっちもイヤです！」

やっぱりむかつく！

だけど、あまりにも、渚《なぎさ》くんが笑《わら》うから。

あたしもなんだか、おかしくなってきちゃった。

「あはっ。あはははは！」

ふたりして、笑《わら》った。

あたしたちの真上《まうえ》には、青《あお》く澄《す》んだ空《そら》が広《ひろ》がっている。

どこまでも飛《と》んでいけそうな気《き》がするよ。なににだって、なれそうな気《き》がするよ。

ずっと渚《なぎさ》くんのとなりにいたいよ。

芽生《めば》えたばかりのこの気持《きも》ちを、つたえられる日《ひ》がくるのかな。

大好《だいす》きだよ、って。

つたえられたら、いいな。

「帰《かえ》ろうぜ！」

「うんっ！」

じっとしてなんかいられない。はずむ心《こころ》をおさえきれない。

あたしたちは、また、走《はし》りだした。

あとがき

はじめまして。夜野《よるの》せせりです。

『渚《なぎさ》くんをお兄《にい》ちゃんとは呼《よ》ばない』、読《よ》んでくれてありがとう！

学校《がっこう》では地味《じみ》キャラの千歌《ちか》ちゃんと、スポーツ万能《ばんのう》で目立《めだ》つ渚《なぎさ》くん。

同《おな》じクラスなのに、たいしてかかわりのなかったふたりが、きょうだいになって、いっしょに暮《く》らすことになります。

時《とき》にはケンカしながらも、だんだん近《ちか》づいていくふたりを、応援《おうえん》してもらえたら、とってもうれしいです！

ところで私《わたし》は、小学生《しょうがくせい》のとき、千歌《ちか》ちゃんのように、絵《え》を描《か》くことが好《す》きでした。

まんがを、仲良《なかよ》しの友達《ともだち》とふたりで、チラシのうらに描《か》いていたこともあります（ちなみに、少女《しょうじょ》まんがではなく、シュールなギャグまんがでした）。

そのうち、絵《え》ではなく文章《ぶんしょう》を書《か》くようになりました。

こつこつと物語《ものがたり》を書《か》きつづけ、そして……。ついに！　はじめての本《ほん》が出《で》ました！

そう、この、『渚《なぎさ》くんをお兄《にい》ちゃんとは呼《よ》ばない』が、私《わたし》のデビュー作《さく》なのです。

編集部《へんしゅうぶ》の方々《かたがた》をはじめ、たくさんの方《かた》に支《ささ》えていただきながら、こうして一冊《いっさつ》の本《ほん》として読者《どくしゃ》のみなさまのもとへお届《とど》けすることができました。

これからも、ドキドキする話《はなし》や、わくわくする話《はなし》、時《とき》にはせつない話《はなし》や怖《こわ》い話《はなし》（そしてシュールなギャグも……？）など、たくさんの物語《ものがたり》をお届《とど》けできたらいいなーと、燃《も》えています！

担当編集様《たんとうへんしゅうさま》、みらい文庫編集部《ぶんこへんしゅうぶ》のみなさま、超絶《ちょうぜつ》キュートなイラストを描《か》いてくださった、森乃《もりの》なっぱ先生《せんせい》。ありがとうございました。

そしてそして。この本《ほん》を手《て》に取《と》って、読《よ》んでくれたみなさま！　もう一度《いちど》、大《おお》きな声《こえ》で言《い》います。ありがとう！

そして、これからも、よろしくね！

夜野《よるの》せせり

★夜野先生《よるのせんせい》へのお手紙《てがみ》はこちらに送《おく》ってください。

〒101―8050　東京都千代田区一ッ橋《とうきょうとちよだくひとつばし》2―5―10

集英社《しゅうえいしゃ》みらい文庫編集部《ぶんこへんしゅうぶ》　夜野《よるの》せせり先生《せんせい》

きゅんきゅんしながら
楽しく描かせていただきました(^^)
ぜひこの2人の続きが
知りたい&描きたいです♡
ありがとうございました!
森乃なっぱ♡
すげー
ドキ
ドキ

集英社みらい文庫

渚《なぎさ》くんをお兄《にい》ちゃんとは呼《よ》ばない

～ひみつの片思《かたおも》い～

夜野《よるの》せせり　作
森乃《もりの》なっぱ　絵

ファンレターのあて先
〒101-8050　東京都千代田区一ツ橋2-5-10　集英社みらい文庫編集部
いただいたお便りは編集部から先生におわたしいたします。

2017年11月29日　第1刷発行
2018年 7 月18日　第7刷発行

発行者　北畠輝幸
発行所　株式会社 集英社
〒101-8050　東京都千代田区一ツ橋2-5-10
電話　編集部 03-3230-6246
読者係 03-3230-6080
販売部 03-3230-6393（書店専用）
http://miraibunko.jp
装丁　AFTERGLOW
中島由佳理
印刷　図書印刷株式会社　凸版印刷株式会社
製本　図書印刷株式会社

★この作品はフィクションです。実在の人物・団体・事件などにはいっさい関係ありません。

ISBN978-4-08-321407-3　C8293　N.D.C.913　184P　18cm

この作品は、第6回「集英社みらい文庫大賞」優秀賞受賞作『実はいっしょに住んでます』を改題し加筆修正したものです。

集英社みらい文庫

収録作品《しゅうろくさくひん》

『キミと、いつか。』

「麻衣《まい》」が「小坂《こさか》」に“恋《こい》した瞬間《しゅんかん》”をえがいたエピソード！

『通学電車《つうがくでんしゃ》』

「ハル」と「ユウナ」が初《はじ》めて出会《であ》った時《とき》のお話《はなし》。クリスマスの奇跡《きせき》…!?

『たったひとつの君《きみ》との約束《やくそく》』

女子《じょし》マネージャー「まりん」のひみつの恋心《こいごころ》をえがく。

『渚《なぎさ》くんをお兄《にい》ちゃんとは呼《よ》ばない』

いきなりきょうだいになった「千歌《ちか》」と「渚《なぎさ》」がドキドキ初詣《はつもうで》デート!?

『絶望鬼《ぜつぼうおに》ごっこ』

「葵《あおい》」と「美咲《みさき》」が『鬼《おに》サンタ』に襲《おそ》われながら、ラブ・バトル…!?

『渚《なぎさ》くんをお兄《にい》ちゃんとは呼《よ》ばない』が読《よ》める！

今巻《こんかん》でいっしょに暮《く》らすこととなった千歌《ちか》と渚《なぎさ》。そのふたりが初詣《はつもうで》にいくことに。「これってデートみたいじゃないですか…!!」 BY《バイ》千歌《ちか》。

大好評発売中《だいこうひょうはつばいちゅう》!!

4人《にん》のキラキラな男《おとこ》の子《こ》たちと
事件《じけん》に巻《ま》き込《こ》まれて、
心《しん》臓《ぞう》がバクバクしそう!?
お前《まえ》の“チカラ”が必《ひつ》要《よう》なんだ！
大《だい》好《こう》評《ひょう》
発《はつ》売《ばい》中《ちゅう》！
大《だい》人《にん》気《き》！ 放《ほう》課《か》後《ご》❤ドキドキストーリー第《だい》2弾《だん》

青《せい》星《せい》学《がく》園《えん》☆チームEYE-S《アイズ》の事件《じけん》ノート

～ロミオと青《あお》い星《ほし》のひみつ～

相川《あいかわ》真《しん》・作《さく》
立樹《たちき》まや・絵《え》

“トクベツな力《ちから》”をもつ中《ちゅう》1のゆずは、
目立《めだ》たず、平穏《へいおん》な生活《せいかつ》を望《のぞ》んでいたのに、
4人《にん》のキラキラな男《おとこ》の子《こ》たちとチームアイズを組《く》むことに。
第《だい》2弾《だん》の舞台《ぶたい》は、青星学園《せいせいがくえん》の学園祭《がくえんさい》！
学園中《がくえんじゅう》がS《エス》クラス男子《だんし》たちの舞台《ぶたい》にワクワクしている中《なか》、
モデルのレオくんが何者《なにもの》かに
ねらわれている!?

速報《そくほう》!!

「チームアイズ」
第《だい》3弾《だん》は

キヨくんは、超頭《ちょうあたま》が良《よ》くて、
東大合格確実《とうだいごうかくかくじつ》といわれてる。
クールで誰《だれ》も笑《わら》ったところを見《み》
たことがないんだって。だけど、
最近《さいきん》さらに　笑《わら》わない!?
なんで!?

お楽《たの》しみに♪

2018年《ねん》
9/21
金《きん》
発売予定《はつばいよてい》!!

好評《こうひょう》
発売中《はつばいちゅう》!
先《せん》パイ、出会《であ》って2度目《どめ》で
「つきあってくれないかな?」
って、この展開《てんかい》、急《きゅう》すぎません——!?
第《だい》5回《かい》集英社《しゅうえいしゃ》みらい文庫大賞《ぶんこたいしょう》優秀賞受賞者《ゆうしゅうしょうじゅしょうしゃ》の、みらい文庫《ぶんこ》デビュー作《さく》!!

「みらい文庫《ぶんこ》」読者《どくしゃ》のみなさんへ

言葉《ことば》を学《まな》ぶ、感性《かんせい》を磨《みが》く、創造力《そうぞうりょく》を育《はぐく》む……、読書《どくしょ》は「人間力《にんげんりょく》」を高《たか》めるために欠《か》かせません。

たった一枚《いちまい》のページをめくる向《む》こう側《がわ》に、未知《みち》の世界《せかい》、ドキドキのみらいが無限《むげん》に広《ひろ》がっている。

これこそが「本《ほん》」だけが持《も》っているパワーです。

学校《がっこう》の朝《あさ》の読書《どくしょ》に、休《やす》み時間《じかん》に、放課後《ほうかご》に……。いつでも、どこでも、すぐに続《つづ》きを読《よ》みたくなるような、魅力《みりょく》に溢《あふ》れる本《ほん》をたくさん揃《そろ》えていきたい。読書《どくしょ》がくれる、心《こころ》がきらきらしたり胸《むね》がきゅんとする瞬間《しゅんかん》を体験《たいけん》してほしい、楽《たの》しんでほしい。みらいの日本《にほん》、そして世界《せかい》を担《にな》うみなさんが、やがて大人《おとな》になった時《とき》、「読書《どくしょ》の魅力《みりょく》を初《はじ》めて知《し》った本《ほん》」「自分《じぶん》のおこづかいで初《はじ》めて買《か》った一冊《いっさつ》」と思《おも》い出《だ》してくれるような作品《さくひん》を一所懸命《いっしょけんめい》、大切《たいせつ》に創《つく》っていきたい。

そんないっぱいの想《おも》いを込《こ》めながら、作家《さっか》の先生方《せんせいがた》と一緒《いっしょ》に、私《わたし》たちは素敵《すてき》な本作《ほんづく》りを続《つづ》けていきます。「みらい文庫《ぶんこ》」は、無限《むげん》の宇宙《うちゅう》に浮《う》かぶ星《ほし》のように、夢《ゆめ》をたたえ輝《かがや》きながら、次々《つぎつぎ》と新《あたら》しく生《う》まれ続《つづ》けます。

本《ほん》を持《も》つ、その手《て》の中《なか》に、ドキドキするみらい――。

本《ほん》の宇宙《うちゅう》から、自分《じぶん》だけの健《すこ》やかな空想力《くうそうりょく》を育《そだ》て、〝みらいの星《ほし》〟をたくさん見《み》つけてください。

そして、大切《たいせつ》なこと、大切《たいせつ》な人《ひと》をきちんと守《まも》る、強《つよ》くて、やさしい大人《おとな》になってくれることを心《こころ》から願《ねが》っています。

2011年《ねん》　春《はる》

集英社《しゅうえいしゃ》みらい文庫編集部《ぶんこへんしゅうぶ》